Seducido por
la venganza

KIM LAWRENCE

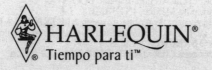

HARLEQUIN®
Tiempo para ti™

NOVELAS CON CORAZÓN

Editado por HARLEQUIN IBÉRICA, S.A.
Hermosilla, 21
28001 Madrid

I.S.B.N.: 84-396-9050-9
Depósito legal: B-30635-2001
Editor responsable: M. T. Villar
Diseño cubierta: María J. Velasco Juez
Fotomecánica: PREIMPRESIÓN 2000
C/. Matilde Hernández, 34. 28019 Madrid
Impresión y encuadernación: LITOGRAFÍA ROSÉS, S.A.
C/. Energía, 11. 08850 Gavá (Barcelona)
Fecha impresión Argentina:20.12.01
Distribuidor exclusivo para España: LOGISTA
Distribuidor para México: INTERMEX, S.A.
Distribuidores para Argentina: interior, BERTRAN, S.A.C. Vélez
Sársfield 1950 Cap. Fed./ Buenos Aires y Gran Buenos Aires,
VACCARO SÁNCHEZ y Cía, S.A.
Distribuidor para Chile: DISTRIBUIDORA ALFA, S.A.

Capítulo 1

JOSH Prentice levantó la cabeza y miró a su agente.

—He cambiado de opinión —dijo con una sonrisa lánguida.

Alec Jordan sintió ganas de mesarse los pocos cabellos que le quedaban.

—He concertado una entrevista en televisión para mañana por la noche —le dijo por tercera vez con infinita paciencia. Josh no era solo su cliente de más éxito, también era su amigo—. Es el momento perfecto. Tu exposición se inaugura la semana que viene. Acuérdate de aquella entrevista que concediste después del festival artístico. Te fue fenomenal... por lo visto, les encantó ese acento francés tuyo —le rechinaron los dientes al ver que su intento de alarde le resbalaba a su amigo—. Ya la he cambiado una vez por la fiesta de cumpleaños de Liam —añadió sin disimular su enfado. ¡Eso era lo que obtenía por ocuparse de las cosas de un padre soltero!

—Gracias por el regalo. A Liam le encantó.

Alec suspiró al ver que aquellos ojos grises no tenían intención de ceder. Aquel hombre no cedía ante nada, solo ante su hijo. Pensó en los artistas muertos de hambre que viven en buhardillas… mucho más maleables que Josh, que, para colmo, no vivía de las millonarias ganancias de sus pinturas. Ser artista y tener dinero no era compatible.

—Ya he sacado los billetes para París —insistió.

—Pues cámbialos —contestó impávido.

—¿Se puede saber a dónde vas? —preguntó el agente dejando caer la cabeza entre las manos.

—Pues, todavía no lo sé, la verdad —contestó levantándose y abrochándose la cremallera de la cazadora distraídamente mientras se paseaba por la habitación. Sus ojos se posaron en Alec, que lo miraba con curiosidad. Alec no pudo reprimir un escalofrío ante el aspecto de su amigo. No lo veía así desde la muerte de Bridie, desde aquellos días en los que la cólera lo consumía. Entonces, la única persona que había tenido la osadía de ponerse ante él había sido Jake, su hermano gemelo—. Depende… estoy siguiendo a una persona.

—¿Cómo dices?

—A una mujer…

—¡Una mujer…! —sonrió Alec. ¡Ya era hora! A la porra con París—. ¡Por fin! —exclamó. Un hombre como Josh no podía vivir como un monje. ¡Si a él le hubieran hecho la mitad de proposiciones…! Habían pasado ya tres años y no había mirado a una sola mujer—. ¿Por qué no me lo habías dicho? ¿Cómo se llama?

—Flora Graham.

—¿No será esa Flora Graham, la hija de… el hombre que…? —dijo Alec pálido.

—¿El que mató a mi mujer? —dijo él sonriendo amargamente. Sí, aquel a quien todos excusaban menos él—. Esa misma.

Alec se quedó completamente sorprendido. A Josh le había costado mucho tiempo asumir que la mujer a la que adoraba había muerto durante el parto. Las heridas se abrieron aquel mismo año cuando transcendió a la opinión pública que el respetabilísimo doctor sir David Graham, el ginecólogo de Bridie, estaba acusado de consumo de estupefacientes.

Se descubrió que la liebre la había levantado una empleada que había intentado chantajear al especialista por haberle pasado drogas a ella y a sus amigos. Al final, la denuncia no había prosperado, pero los medios de comunicación habían seguido investigando y habían inventado una historia para no dormir.

Josh denunció al médico, pero el juez determinó que no había pruebas de que la adicción del médico hubiera interferido nunca en la salud de sus pacientes. Aquello había hecho que Josh buscara venganza encarnizadamente, sentía que aquello era una injusticia.

Cuando hacía pocas semanas, la prensa había publicado los detalles del caso Graham, Alec se había sorprendido mucho de que Josh no hubiera dicho nada, pero, claro, si se había enamorado de su hija… eso lo explicaba todo.

—Es muy guapa, la verdad —comentó Alec—. Muy… muy… rubia. No tenía ni idea de que la conocieras. ¿Dónde la has conocido?

—No la conozco… todavía… por eso la sigo —explicó Josh.

—¿Qué vas a hacer cuando la conozcas? —preguntó Alec temiéndose la respuesta.

Flora Graham había tenido muchas oportunidades de condenar a su padre en público y nunca lo había hecho. Josh tenía grabada en la memoria aquella bonita voz defendiendo a su padre con precisión clínica. Sonrió. El padre estaba fuera de circulación, en un centro de rehabilitación. Es lo que había elegido en vez de la ridícula pena de cárcel que le habían impuesto. La hija, sin embargo, seguía allí, aunque le habían dicho que quería irse de la ciudad.

El médico camello se había convertido, gracias a la prensa, en la víctima de toda la historia porque, en el último momento, había actuado debidamente. ¡El colmo!

Normalmente, Josh era muy tolerante con las debilidades de los demás, pero aquello era diferente.

—Todavía no tengo los detalles muy claros, pero la idea es hacerla tremendamente infeliz —contestó. Y si eso requería acostarse con ella, estaba dispuesto.

Una hora después de haber salido de la autopista, Flora se dio cuenta de que la estaban siguiendo. Miró por el retrovisor, a aquel descapotable rojo. Los medios de comunicación llevaban meses haciéndole la vida imposible. ¿No era suficiente haberla obligado a salir de la ciudad escondiéndose como una delincuente?

¡Ya estaba bien! Vio un área de descanso, pegó un frenazo y salió de la carretera. No le sorprendió mucho ver que el otro coche hacía lo mismo y se colocaba enfrente. Apretó el volante. ¡Ya estaba bien de ser la víctima! ¡Había llegado el momento de darles un poco de su propia medicina! ¡A la porra con la diplomacia! Salió del coche y se dirigió con determinación hacia el otro. No fue hacia el conductor sino que se arrodilló junto a una de las ruedas traseras y sonrió al escuchar el silbido que producía el aire al salir.

La venganza no estaba nada mal, pensó levantándose. Se estaba frotando las manos de satisfacción, cuando el conductor salió del coche.

—¿Qué diablos está haciendo? Vio que era uno de los periodistas que más le había dado la lata. Su cara de incredulidad, hizo que Flora se riera. Al momento se arrepintió de lo que había hecho. El hombre era fuerte y parecía muy enfadado. Debería haber ido a una comisaría. Estaban en una carretera muy poco transitada y, para colmo, soplaba un viento que movía los árboles—. ¡Bruja! —continuó yendo furioso hacia ella. Flora tuvo miedo—. ¡La voy a denunciar! —aquella amenaza infantil hizo que Flora dejara de sentirlo.

—¡Y yo también, por husmear en mi basura! —se defendió—. ¡Quíteme las manos de encima! —le gritó cuando el hombre la agarró del antebrazo con fuerza.

Tom Channing no iba a hacerle nada, pero le gustó ver que aquella mujer que parecía de hielo se podía asustar. Todas aquellas semanas bajo la presión de los medios de comunicación y no se había ido abajo ni una sola vez.

Para más inri, sus amigos habían cerrado filas en su favor y no habían abierto la boca. Se dio cuenta de que él se había empeñado en no dejar morir la noticia, a pesar de que ya no interesaba a nadie, pero para él era una cruzada personal.

—¿Qué haría si no la suelto, señorita Graham?

—¿Pasa algo? —dijo una voz a sus espaldas.

Flora se quedó mirando a su salvador, un hombre con ojos grises, largas pestañas y una boca de pecado. Debía de medir casi dos metros y tenía un cuerpazo de escándalo, una espalda de nadador profesional y unas piernas como rocas. Todo lo demás parecía igual de perfecto. Además, exudaba sensualidad.

Flora no solía desnudar a los hombres con la mirada de esa forma y, menos, si estaban casados. Aquel lo estaba, obviamente. El niño que había junto a él era su vivo retrato ¡y llevaba alianza!

—Un pequeño malentendido… —contestó el periodista soltándola.

Flora pensó que aquel hombre le sonaba de algo… Se sacudió la manga y se puso bien el sombrero.

—Estoy bien, gracias —dijo.

Josh se fijó en sus ojos violetas y en su encantadora sonrisa y no oyó lo que le estaba diciendo su hijo. No estaba preparado para aquello. La diosa de la frialdad era una mujer cálida y vibrante. Lo peor era que tenía hoyuelos cuando sonreía.

Flora estaba acostumbrada a que los hombres la miraran mucho antes de que su cara apareciera en todos los periódicos, pero aquel hombre la estaba mirando de forma diferente, lo que ella agradeció porque ya estaba harta de los que solo admiraban la fachada y quienes no les importaba lo que había dentro.

Eso le hizo acordarse de Paul, la rata con la que había estaba prometida y que la había dejado.

—¡Papá! —dijo el niño tirándole del pantalón.

—¿Qué pasa, campeón?

—¡Me parece que voy a vomitar! —exclamó. Flora se sorprendió de lo rápido que lo hizo, se quedó mirando sin dar crédito el estado en el que habían quedado sus pantalones y sus zapatos preferidos, hechos a medida—. Ahora me encuentro mucho mejor —suspiró Liam mirando a su padre.

Josh le sonrió y lo felicitó en silencio por lo que acababa de hacer. Sacó un pañuelo y limpió al niño antes de girarse hacia Flora, a la que esperaba encontrar histérica.

—¡Me alegro porque yo estoy más bien asquerosa! —contestó ella sonriendo al niño con dulzura. Josh se sorprendió ante aquella reacción.

—Y hueles —dijo Liam.

—Sí, ya me he dado cuenta.

—Tiene que bañarse, ¿verdad, papá?

Josh emitió un pequeño gruñido por respuesta. De repente, se imaginó el agua cayendo por su piel satinada, deslizándose por su espalda, su trasero, prieto y redondo. ¡Maldición! Menudo momento había elegido su libido para salir de la hibernación.

Sintió repugnancia ante sus propios pensamientos, no por ellos en sí mismos, sino por quién los había inspirado.

—O, en su defecto, cambiarme de ropa —contestó ella girándose hacia el coche. Al hacerlo, sus zapatos emitieron un ruido repugnante.

—Lo siento mucho, señorita… —dijo Josh agarrando al niño en brazos y sonriendo de manera rompedora.

—Flora —contestó ella suspirando de alivio. ¡Bendito anonimato! Lo miró a los ojos y se sintió, inexplicablemente, tímida.

—Yo me llamo Josh, Josh Prentice y este es Liam

—contestó tendiéndole la mano—. Yo correré con los gastos de la tintorería.

—Por su bien, me parece que es mejor que no le dé la mano —contestó ella—. En cuanto a las ropas, estamos en paz por haberme salvado de ese hombre —continuó haciendo un esfuerzo supremo para dejar de mirarlo—. Liam, ¿nunca has tomado galletas de jengibre para no marearte en el coche? —el niño prestó atención al oír hablar de comida—. A mí me van muy bien. Me parece que llevo. A lo mejor, le asientan el estómago…

Josh se quedó pasmado al ver, cuando ella se quitó el sombrero, que se había cortado el pelo. Antes lo llevaba por la cintura, pero el nuevo corte le enmarcaba la cara y le agrandaba los ojos. En realidad, aquella mujer era tan impresionantemente guapa que podía afeitarse la cabeza si quería.

—¿Va muy lejos, Flora? —preguntó esperando que no fuera así porque media hora más con Liam en el coche y se volvería loco.

Flora vio con agrado cómo aquel hombre se cambiaba a su hijo de cadera y le daba un beso en la nariz. Estaba claro que no se había dado cuenta de que el niño se había limpiado las manos en su pelo. No pudo evitar compararlo con Paul, siempre obsesionado con la limpieza.

Había decidido no salir con hombres porque siempre daban problemas, pero no pudo evitar imaginar… lo miró. Aquel marido estaba estupendo y el niño le quedaba de maravilla. ¿Por qué nunca daba ella con alguien así? Bueno, no tenía porque ser tan guapo como aquel. En realidad, mejor que no lo fuera para que las demás mujeres no lo miraran. ¡Eso era precisamente lo que estaba haciendo ella, mirar al marido de otra!

—No, voy a casa de una amiga —contestó diciéndole el nombre de la población—. ¿Lo conoce? —el extraño asintió—. No está muy lejos, pero me gustaría cambiarme de ropa. ¿Le importaría vigilar por si viene alguien? No me gustaría que apareciera una familia de picnic y yo estuviera desnuda entre los árboles. Aunque, la verdad, no creo que venga nadie por aquí.

—Liam lleva toda la mañana metido en el coche y le vendrá bien estirar las piernas un poco. Si quiere, mientras, puede cambiarse.

—Muchas gracias…

Josh vigiló al niño, que estaba construyendo un castillo con piedras, con un ojo y con el otro observó por el retrovisor de su 4x4 cómo Flora se retorcía en el asiento trasero de su coche.

Tenía muy claro que Graham tenía que pagar lo que había hecho y lo que más le podía doler era que hicieran daño a su hija, a la que adoraba. Para convencerse de lo que estaba haciendo, recordó la cara de Bridie, dulce y radiante.

Le distrajo lo que vio. Flora no llevaba sujetador. Sus pechos eran más bien pequeños, duros y bien puestos. Vio cómo se movían mientras ella se ponía un polo de cachemira. Josh apartó la vista molesto consigo mismo.

Aquello no tenía nada que ver con la venganza, era puro voyerismo. ¡Lo peor era que no se conformaba con mirar!

Oyó las pisadas de Flora, que se acercaba al coche, pero no quiso mirar. Prefirió mirar a su hijo, que estaba destruyendo el castillo que había construido.

—A veces, me preocupan esos instintos agresivos.

—No pasa nada, es normal —contestó ella mirando al niño—. Seguro que usted hacía lo mismo.

—No, mi hermano Jake los construía y yo los destrozaba. Hoy en día, le pagan por construir casas, pero nadie se las tira.

—¿Es constructor?

—Arquitecto.

—¿Y usted a qué se dedica? Perdón, no tiene que contestar. Es que, cuando empiezo a preguntar, no paro —dijo avergonzada.

—¿Es usted policía o qué?

—No, abogado.

—Vaya, qué pena… Siempre me han gustado las mujeres de uniforme.

Flora sintió que se le aceleraba el corazón ante su sonrisa.

—¿Liam es hijo único? —preguntó cambiando de tema rápidamente.

—Sí —contestó él pausadamente. Flora pensó que estaba tenso de repente.

—Yo también —comentó ella.

—Eso hará que sea usted una joya para sus padres.

—Para mi padre, mi madre murió hace cinco años.

Él le tocó la mano y ella no la apartó. Siguió mirando al niño para disimular la excitación que le producía aquel hombre.

—Será mejor que me vaya —dijo ella—. Gracias por todo —dijo con una gran sonrisa. Decidió dejar de sonreír porque se iba a dar cuenta de que no quería irse. Qué absurdo.

Josh no estaba preparado para aquello. Se suponía que acostarse con Flora Graham no debía ser un placer. ¡Se suponía que formaba parte de sus planes de venganza, un puro trámite! Tenía que haber sido fácil vengarse de alguien que no tenía corazón ni senti- mientos, pero aquella estúpida mujer los tenía y no se molestaba en ocultarlos.

Josh había pensado que era un blanco fácil. Esta- ba claro que había química entre ellos y, además, era vulnerable. Su padre había caído en desgracia, a ella la había dejado su novio, resultaría muy fácil sedu- cirla. Y, luego, le diría la verdad, qué placer, solo te- nía que hacerlo bien...

Todo el mundo sabía que su boca podía rendir a cualquiera a sus pies. Su lengua y sus labios se movían con maestría.

Flora dio un paso atrás cuando las manos que le habían agarrado la cara se separaron. Estaba tem- blando.

—¿Por qué ha hecho eso? —preguntó en un hilo de voz.

Flora pensó que no parecía que se sintiera espe- cialmente afectado por el beso, ¡pero hubiera jurado que, mientras la besaba, le había gustado! Sintió la punta de los pezones contra el sujetador.

—¡Quería comprobar si es usted tan estúpida como parece! —le espetó.

—¿Y lo soy?

—Sí —rugió—. ¿Cómo se fía de mí? Podría ha- ber sido Jack el destripador y usted mirándome como si... No debería fiarse de alguien solo porque le gus- ta físicamente —le advirtió sintiéndose estúpido por hacerlo.

«¿Se me notaba tanto?», se preguntó ella sonroja- da.

—¿Qué le hace pensar que me gusta físicamente? —le increpó con frialdad.

—No le ha gustado nada el beso, ¿verdad? —dijo

riéndose sarcásticamente—. Sí, ya me he dado cuenta.

Floras estaba roja como un tomate y se sentía mortificada ante su burla.

—Otros hombres no se quejarían —contestó reconociéndose a sí misma que le había encantado que la besara—, pero, claro, usted solo me ha besado para darme una lección, por bondad, para que no me fíe de los extraños… —dijo sarcástica.

—La he besado —contestó pasándose los dedos por el pelo— porque me apetecía.

—Ah —dijo ella. «¡Cualquiera lo diría viéndote la cara!»

Flora miró al niño y se recriminó a sí misma por haber olvidado el pequeño detalle de la alianza que llevaba. «Me han besado otras veces mejor y no me he quedado como tonta. Ya basta».

—¿Y sabe su mujer que va usted por ahí haciendo este tipo de cosas porque le apetece? —preguntó con frialdad—. ¡Es usted un hombre repugnante!

—Mi mujer está muerta —contestó él con dolor. Flora no supo qué decir—. Hacía mucho tiempo que no me apetecía besar a una mujer… —confesó involuntariamente.

Flora cerró los ojos y sintió unos terribles deseos de llorar. ¡Ojalá no le hubiera dicho eso! Había huido de la ciudad para descansar y encontrar un poco de paz, no para liarse con un hombre así, que tenía más angustia dentro que ella.

Le dolió verlos irse, pero no hizo nada para impedirlo.

Capítulo 2

NIA no me había dicho que ibas a venir —dijo Megan Jones dándole una taza de té a su marido.

—No —contestó Josh sirviéndose otro trozo del maravilloso bizcocho que había hecho la suegra de su hermano—. Fue una cosa repentina.

—Tienes que descansar. Nia dice que trabajas demasiado…

—¿Ah sí? —dijo sospechando que su cuñada hablaba demasiado. Uno de sus hermanos confirmó sus sospechas.

—Nia dice que necesitas una mujer, Josh —contestó con la puerta de la cocina abierta—. Como no vas con chicas, eres casi respetable.

—¡Geraint! —exclamó su madre dándole un cachete en la mano cuando su hijo agarró otro trozo de bizcocho y se lo metió de una vez en la boca—. ¡Josh es respetable! —dijo mirándolo. Al ver que no se había ofendido, se sintió aliviada—. Mira cómo estás poniendo todo con esas botas.

—Volveré de Betws para ordeñar a las vacas, mamá —prometió con una sonrisa. Se despidió de Josh y acarició el pelo a Liam antes de irse igual de rápido que había llegado.

—Desde luego, este chico no para de trabajar — dijo su madre con el ceño fruncido.

—Ya te he dicho que contrataría a alguien si pudiéramos permitírnoslo —intervino el padre con frustración—. Yo creía que, teniendo cinco hijos, alguno nos ayudaría.

—Bueno, Josh no ha venido hasta aquí para oír nuestras quejas —interrumpió Megan con una sonrisa.

—Supongo que nunca es un buen momento para romperse una pierna, Huw —comentó Josh pensando en que aquel hombre tan activo no debía de ser un buen paciente.

—No, la verdad es que no.

—¿Dónde te vas a quedar, Josh? Tú y el niño podríais quedaros aquí con nosotros —ofreció Megan.

—Me parece que ya tienes bastante con lo que tienes, Megan. No quiero molestaros —contestó Josh. Al ver que la suegra de su hermano iba a insistir, se le ocurrió algo—. Me quedaré con una condición: que me dejéis trabajar a cambio. No sé diferenciar una vaca de una oveja, pero tengo un buen par de manos.

—Eso me parece una idea muy buena —intervino Huw.

Josh vio la gratitud reflejada en el rostro de ambos y se sintió un poco culpable porque su oferta no había sido completamente altruista. Lo había hecho porque Flora estaba a un par de kilómetros de allí, así que le venía muy bien quedarse en Bryn Goleu.

Flora consultó el mapa. Estaba dando un paseo y, si lo había leído bien, había un camino que atajaba y pasaba por una granja.

Al acercarse vio a un hombre de espaldas trabajando. Intentó no mirarlo demasiado, pero no tuvo mucho éxito porque sus músculos la atraían irremediablemente.

—Buenos días —saludó educadamente. La figura se dio la vuelta.

—*Bore da*, Flora —contestó el hombre en galés.

Josh se fijo en sus interminables piernas y en su cintura de avispa. Le habían salido pecas y estaba ligeramente sonrojada, no sabía si por el paseo o por su repentino encuentro.

—¡Tú! —exclamó Flora cuando recobró el aliento.

—Esto sí que es una coincidencia —contestó él levantando la mano para que el sol no le diera en los ojos.

Flora asintió hipnotizada por el torso desnudo de aquel hombre, que no parecía muy sorprendido de que se hubieran encontrado.

—O el destino —dijo arrepintiéndose inmediatamente.

—¿Tú crees en el destino? —preguntó clavando el rastrillo en el suelo y mirándola de arriba abajo.

—¿En el destino? ¡Claro que no! —contestó. ¿Se creía que era tonta?—. ¿Vives aquí?

—No, he venido a echar una mano durante un par de semanas.

—¡A echar una mano! Yo más bien diría que estás vagueando todo el día —dijo un pelirrojo a sus espaldas.

—Geraint, te presento a Flora. Flora esta bestia es Geraint Jones.

—Si buscas a alguien para trabajar duro, yo soy tu hombre. Si solo quieres que te pinten algo… —dijo mirando a Josh con una sonrisa. Puso en marcha el tractor y se fue. Aquel hombre era como una apisonadora.

—¿Es siempre así de…?

—Sí, siempre. Sobre todo, delante de una mujer guapa.

La habían llamado guapa tantas veces que ya no le daba importancia, pero ¿por qué le estaban temblando las piernas?

—¿Sabe usted pintar? —preguntó Flora gestando una idea.

—Se podría decir que sí.

—No sé si tendrá tiempo, pero…

—Sí, sí tengo.

—Bien, mi amiga Claire, la que me ha dejado la casa, me encargó que decorara una de las habitaciones para su bebé recién nacido. Lo quiere terminado para Navidad. Si le interesa…

—¿Me está ofreciendo trabajo? —preguntó estupefacto.

—No trabajaría para mí sino para mi amiga; yo solo soy la intermediaria —se apresuró a aclarar Flora. Tampoco esperaba que le besara los pies por darle trabajo, pero parecía como si aquel hombre estuviera a punto de echarse a reír.

Tal vez fuera el orgullo masculino o algo así. Seguramente no quería que nadie, y menos una mujer, supiera que tenía apuros económicos. Al verlo desde su óptica, se dio cuenta de que a lo mejor había ido demasiado de hermanita de la caridad.

—Si está ocupado…

—¿No teme que la vuelva a besar?

No estaba preparada para aquella pregunta. «¿No temes, más bien, que no lo haga?», le dijo una vocecilla interior.

—No creo que vuelva a ocurrir. Sé que solo fue… un impulso repentino.

—Una aberración, incluso.

Ella frunció el ceño irritada. La estaba provocando. Era mejor que se olvidara de lo del beso cuanto antes.

—Para su información, lo acabo de dejar con mi novio y los besos no están en mi agenda.

—¿Por qué lo hizo? Me refiero a dejarlo con su novio.

—No es asunto suyo —contestó enfadada.

—Perdón. Un asunto delicado.

—¡Nada de delicado! Paul me pidió que eligiera y no escogí la opción que él esperaba —contestó recordando lo mucho que se había asombrado Paul cuando ella eligió no dejar en la estacada a su padre tras caer en desgracia. Se había enfadado mucho y la había acusado de ser una egoísta—. ¡Además, era un inútil de cuidado!

—En realidad fue una manera cariñosa de despedirse —aclaró Josh.

—Solo estoy explicándole por qué los besos no entran en mis planes, para que esté tranquilo —concluyó Flora arrepintiéndose de su estallido de cólera.

—¿Tiene miedo de eso del despecho…?

¿Por qué tenía tanta facilidad aquel tipo para entender siempre lo que no era? Se miraron a los ojos y Flora lo vio claro. Le gustaba verla incómoda. Seguro que de pequeño le gustaba arrancarles las alas a las moscas.

—¡No hay ninguna posibilidad de que me líe con usted por despecho!

—Querrá decir que no quiere que un empleado se tome ciertas licencias. Me ha quedado claro. No es que no quiera estar con ningún hombre sino solo con determinada clase de hombres. Solo le gustan los que tienen buenos coches, llevan ropa cara y tienen buenos sueldos, como usted —dijo con frialdad.

—¿Me está acusando de ser una esnob?

—No la conozco lo suficiente como para acusarla de nada… todavía.

—¿Le interesa el trabajo o no? —le espetó nerviosa ante su sonrisita.

—¿Cuánto paga?

—¿Cómo?

—No esperará que se lo haga gratis, ¿verdad?

¿Por qué tenía esa facilidad para hacerla parecer una imbécil?

—Por supuesto que no. No lo había pensado… —contestó intentando recuperar la compostura—. ¿Cómo está el mercado?

Él dijo una cifra y ella asintió.

—Me parece bien —contestó ella sin tener ni idea.

—Muy bien, trato hecho —dijo él avanzando hacia ella con la mano extendida.

Flora la miró como si fuera una serpiente. Se la estrechó y aspiró su olor. Su aroma hizo que se tensara y que le cayeran gotas de sudor entre los pechos.

Él no se la estrechó sino que se la besó. Aquel

gesto podría haber resultado absurdo en otro contexto, pero Flora no sintió ganas de reírse sino de otra cosa… ¡Se estaba derritiendo!

Él levantó la mirada y la miró a los ojos. Aquellos profundos ojos plateados reflejaban sensualidad y Flora se dio cuenta del terrible error que había cometido metiendo a aquel hombre en su casa.

«Tranquilízate, Flora», se dijo. «Puedes con ello». Ella había ido a pasear y a respirar aire fresco y eso era lo que iba a hacer durante su estancia.

—Si tiene usted otros compromisos —comentó con la esperanza de que así fuera y retirando la mano—. Tal vez fuera mejor que lo hiciera cuando yo me haya ido.

—¿Cuándo será eso?

—Todavía no lo sé seguro —contestó. Su padre no quería que lo visitara mientras estaba en el programa de rehabilitación.

—Debe usted de tener un jefe muy comprensivo.

Flora sonrió. No le explicó que hacía un año que ella era una de las jefas porque era una de las socias.

—La verdad es que no hay ninguna prisa.

—Es usted muy considerada, pero no se preocupe por mí. Estoy acostumbrado a hacer varios trabajos a la vez.

Flora no estaba siendo considerada ¡Se sentía acorralada!

—No como otros.

—No —confirmó él con una sonrisa arrogante—. De hecho, ya se dará cuenta de que yo no soy como los hombres que usted conoce —Flora tragó saliva nerviosa y se pasó la lengua por el labio superior para retirar las gotas de sudor que se le habían formado. El gesto no pasó desapercibido ante los ojos grises—. Además, no vamos a estar mucho tiempo por aquí.

—¿Quiere decir que Liam y usted no viven aquí? Supuse… ¿Se mudan constantemente?

—Un hombre debe ir donde hay trabajo.

Aquella contestación confirmó la sospecha inicial de Flora sobre las finanzas de aquel tipo y se alegró de poder serle de ayuda aunque le resultara difícil estar cerca de él.

—No debe de ser fácil con el niño.

—No le parece bien —le espetó.

—Yo no soy quién para juzgar algo así…, pero Liam me parece un niño feliz y contento.

—Cuando tenga hijos, verá que todos los niños llevan dentro a Jekyll y Hyde.

La idea de tener un hijo le produjo una sensación extraña. ¿Tal vez su reloj biológico se había adelantado? A sus veintisiete años, Flora pensaba que tenía todo el tiempo del mundo para ser madre.

—Está usted presuponiendo que quiero tenerlos.

—Y no es así —comentó sin sorprenderse.

—Tampoco he dicho eso. Lo que pasa es que no me gusta que la gente dé ciertas cosas por hechas. Además, aun a riesgo de parecerle una anticuada, creo que es importante encontrar un buen padre primero.

—Entonces, Paul la rata no lo habría sido —dijo Josh en tono solidario.

—A Paul le gusta tener todos los accesorios adecuados en su vida —contestó imaginándose que le hubiera pedido que se quedara embarazada coincidiendo con las elecciones porque una esposa embarazada gustaría al electorado.

—Entonces, usted iría bien con él porque parece

una buena mujer llena de accesorios —comentó observando la ropa tan cara que llevaba.

—¡Se le da muy bien insultar, señor Prentice! —exclamó Flora.

—¿No se acuerda de mi nombre? Josh…

La verdad es que recordaba absolutamente todo sobre él, sobre todo lo bien que besaba.

—Sí, me acuerdo de su nombre, pero no de lo maleducado que es. Si me hubiera acordado no le habría ofrecido el trabajo.

—Me pregunto cuánto tiempo le durará lo de que no es mi jefa. Seguro que se pasa todo el tiempo vigilándome y aniquilará mi creatividad.

Aquella tonta acusación debería haberla hecho reír, pero no fue así. ¿También se quitaría la camiseta para trabajar en casa? Aquello la hizo sudar.

—Nada más lejos de la realidad. Le aseguro que podrá dar rienda suelta a su creatividad —prometió.

—Todo hombre tiene un precio y la oferta que me ha hecho era estupenda.

—Eso es… estupendo —contestó ella. Parecía como si le hubiera rogado que aceptara.

—Muy bien. Empezaré mañana.

—¿Tan pronto?

—Sí, para que no cambie de opinión —sonrió él.

—Nunca rompo mi palabra, aunque me provoquen —se defendió.

Aquel hombre tenía una habilidad especial para retorcer todo lo que ella decía. A Flora le extrañó que con aquello y sus indiscutibles cualidades físicas no hubiera encontrado un buen trabajo.

—Me parece que se ha equivocado de profesión —apuntó.

—No es la única que lo cree —contestó él recordando la oposición de su familia cuando anunció que quería ser pintor. Aquello ya era agua pasada porque era un artista de éxito, claro.

—Debería utilizar sus talentos naturales.

—Como besar, por ejemplo —contestó con una sonrisa felina.

—¿Por qué no para de hablar de eso? —le espetó con un chirriar de dientes.

—Porque sé que no se lo puede usted quitar de la cabeza ni yo tampoco… —contestó pensativo—. Sí, eso es, no paro de pensar en ello —añadió. Y era cierto. No había podido concentrarse en otros asuntos desde entonces.

Flora vio que la miraba con resentimiento, como si hubiera sido ella la que hubiera provocado la situación. Qué típico de los hombres. ¡Ya estuvo bien!

—¿Por qué? ¿Le recuerdo a su mujer o algo así?

Flora se tapó la boca horrorizada nada más terminar la frase. Llevaba desde el día anterior dándole vueltas a la cabeza sobre ese tema y había supuesto que no lo volvería a ver nunca y, por tanto, que no se lo podría preguntar, ¡pero había cometido la imprudencia de hacerlo!

Josh se había quedado de piedra. Flora reaccionó cuando lo vio acercarse. Se movía con gracia y elegancia, pero sus movimientos resultaban amedrentadores. Su expresión no traslucía nada de sus intenciones. Cuando lo tuvo más cerca, vio que se le había endurecido la cara y que se le había marcado una vena.

Se le plantó delante y la agarró de la barbilla haciendo que subiera la cabeza. Paseó sus ojos sin ningún tipo de pasión por la cara de Flora. No parecía impresionado por lo que estaba observando.

Flora no se movió. No podía. Se estaba derritiendo por dentro al imaginarse lo que iba a suceder. Con los ojos como platos, lo vio sacudir la cabeza de un lado a otro mientras seguía estudiándola.

A pesar de la intensidad de sus ojos, Flora tenía la sensación de que, en realidad, no la estaba viendo. Tal vez, estuviera viendo a la madre de Liam, algún amor pasado.

—No, no se parece usted en nada —contestó fríamente—. ¡En nada! —enfatizó. Flora sintió un inmenso alivio. No sabía por qué, pero su respuesta tenía mucha importancia—. No era rubia —dijo mirando el pelo de Flora—, pero tal vez usted tampoco.

—Eso lo tendría que decir yo.

Josh apartó la mano y, de repente, sonrió diabólicamente.

—No sabe usted lo tentado que me siento de pedirle que lo haga —confesó.

—¡Cállese! —dijo ella preguntándose cómo iba a hacer para apartar la conversación de aquel tema tan delicado.

—Si la beso, ¿lo consideraría una osadía y perdería mi empleo?

Flora sintió que el corazón se le salía del pecho. A medida que la sorpresa se fue desvaneciendo, consiguió recobrar el aliento. El rojo de las mejillas dio paso a la palidez.

«Palidez total», pensó Josh al observar la simetría perfecta de sus rasgos, sobre todo la voluptuosidad de sus labios. Aquel estudio sensual de su persona hizo que Flora sintiera que se le disparaba el pulso.

Algo le indicó que debía controlarse y alejarlo un poco. ¿Acaso no era una de esas mujeres que sabían siempre qué decir?

Al mirarlo a los ojos, aquella iniciativa se esfumó. La verdad es que no había nada en el mundo que le apeteciera más que ser besada y besar a Josh Prentice. Había perdido el poco sentido común que le quedaba. ¡Ser sincera con una misma no era siempre la mejor filosofía!

—No puede uno perder un trabajo que todavía no ha comenzado —contestó en un hilo de voz.

—Una mente muy aguda —apuntó poniéndole las manos en los hombros.

—No se está fijando precisamente en mi mente —apuntó Flora sin poder evitarlo.

—Se ha dado cuenta, ¿eh? —preguntó acariciándole los labios con el pulgar haciendo que Flora los abriera.

—Como para no dármela —contestó. No lo veía con claridad. Deseaba tanto que la besara que sintió que se desmayaba.

—Sus labios tampoco pasan desapercibidos —dijo él—. La verdad es que son casi, casi perfectos. Muy sensuales —dijo acariciándolos con sus propios labios—. Muy sensuales —observó con otra caricia semejante—. Muy apetecibles —murmuró.

—Josh —dijo ella al tiempo que sentía su lengua rozando su labio inferior.

No sabía qué hacer con las manos y, al final, lo abrazó y las colocó sobre sus hombros. Sentía sus músculos.

—¿Sí, preciosa…?

El aroma de su cuerpo hizo que Flora perdiera el control, lo que la confundió.

—¿Me vas a besar como Dios manda?

—Intenta impedírmelo —contestó.

Flora nunca se hubiera esperado una contestación

así. Si no hubiera respondido a su beso de una manera tan entusiasta, tal vez, podría haber controlado la situación. Sin embargo, se apretó contra él de manera sensual, a lo que él la ayudó aferrándola de la cintura.

Ella no dudó en abrir la boca para permitir la exploración erótica de su lengua. Su cooperación se convirtió en frenética y hundió sus dedos entre los cabellos oscuros de Josh. Le dibujó el contorno de la cara con las manos, con hambre. Él giró la cabeza y se metió uno de los dedos en la boca. Mirándola fijamente a los ojos, comenzó a chupárselo.

Aquello fue demasiado. Flora sintió que le temblaban las rodillas. Si no la hubiera estado sujetando, se habría caído al suelo.

Sintió el hocico de un perro curioso en la pierna y reaccionó.

—¡Dios, esto es una estupidez! —dijo mirando a los ojos del collie y apartándose de él. Josh no se lo impidió.

—Probablemente, ¿pero a quién le importa?

Aquello le arrancó una risa.

—Puedes decir que soy una anticuada, pero a mí, la verdad. Además, no me apetecería que te despidieran —contestó metiéndose la camiseta por los pantalones no sin disgusto.

No estaba completamente restablecida. Le daba vueltas la cabeza de solo pensar en los eróticos momentos que acababan de compartir. Josh la había besado como si le fuera la vida en ello. No la extrañó porque supuso que llevaría desde la muerte de su mujer reprimiendo su lado sensual, y lo tenía.

Sería una idiota si pensara que había algo más. Le hubiera gustado poderse engañar a sí misma, imaginar que había un futuro con aquel hombre, pero era imposible porque seguía enamorado de su mujer.

—¿Qué hora es? —preguntó él de repente.

Todavía distraída, confundida y desorientada, Flora miró el reloj.

—Casi las tres.

—¡Maldición! Prometí tener la valla lista para antes de la hora del té. Nos vemos otro día —sugirió. Flora sintió que él recuperara tan pronto la compostura cuando ella no lo había conseguido. No estaba acostumbrada a que los hombres dieran por hecho que ella quería algo con ellos, pero era obvio que a Josh ni siquiera le había pasado por la cabeza que ella dijera que no. Olvidando que ya no tenía una larga melena, movió la cabeza como estaba acostumbrada a hacer para quitarse el pelo de la cara. «Tengo que encontrar otro gesto igual de efectivo para ganar tiempo porque si no la gente se va a creer que tengo un tic»—. Mañana.

Flora parpadeó. Aquello era una despedida. Eso de que fuera él quien diera las órdenes no le gustó.

—Si no estoy en casa, dejaré la llave bajo el felpudo.

—De acuerdo —dijo él con una sonrisa como dando a entender que estaba seguro de que iba a estar en casa cuando él fuera.

De vuelta a casa, Flora no paró de rememorar lo sucedido.

Capítulo 3

HAY alguien en casa? —dijo Josh abriendo la puerta de la cocina.

—¡Menos mal! —exclamó Flora con alivio—. No te quedes ahí. ¡Pasa! —Josh estaba preparado para que se hubiera hecho la dura, solo al principio, claro, porque estaba completamente seguro de que Flora no tardaría en caer en sus redes... ¡pero tan pronto! Pasó a toda prisa y vio inmediatamente que las prisas de ella no tenían nada que ver con la necesidad de poseer su cuerpo—. ¡No te quedes ahí parado! —susurró angustiada—. ¡Haz algo!

—¿Yo? Eres tú la que tiene... —enarcó las cejas al ver el utensilio de metal que tenía aferrado entre las manos—. ¿Qué es eso? ¿El atizador? —preguntó. Fuera lo que fuera parecía un arma y ella parecía dispuesta a utilizarlo contra el enorme roedor.

Qué bonito cuadro. Josh intentó no reírse. Si los

de Fleet Street hubieran sabido lo que bastaba para asustar a la solemne señorita Graham…

Aquel tono hizo enfadar a Flora. ¿Por qué aquel estúpido no reaccionaba con la urgencia que la situación requería?

—¿Y eso qué importa? —le preguntó muy quieta, sin quitarle el ojo de encima al ratón, que tampoco se movía. Flora sintió un escalofrío de asco.

—¿Lo vas a espachurrar?

Flora suspiró exasperada.

—Si hubiera podido ya lo habría hecho. No puedo matarlo —confesó.

—Pues, entonces, déjalo ir —sugirió Josh mirando al roedor, que no parecía dispuesto a moverse mientras ellos estuvieran allí. El animal estaba paralizado de terror, como si le fuera a dar un ataque al corazón y no parecía el único a juzgar por el estado en el que se encontraba Flora, completamente inmóvil si no fuera por los escalofríos. Josh pensó que le recordaba a una bailarina de Degas, pero su piel no era color bronce sino crema, suave y… Se aclaró la garganta y decidió centrar su atención en el intruso.

—¿Qué? —exclamó—. ¿Y pasarme otra noche despierta escuchándolo hacer ruido bajo las maderas del suelo? ¡Ni soñarlo!

—Quieres que lo mate yo, ¿no?

Flora lo miró por primera vez desde que había llegado. Sus enormes ojos azules reflejaban reproche.

—¡No… no! —contestó.

—Bueno, aclárate —dijo él. La lógica femenina era suficiente como para inducir a un hombre a la bebida.

—¿No podrías hacer que saliera? Pero lejos de la casa, ¿eh? —sugirió Flora.

—A ver si lo he entendido. ¿Quieres que saque al ratón, le dé una palmadita en la espalda y le pida que se busque otra casa? —preguntó. Aquella mujer despiadada parecía tener pena por los animales y los niños, pero él no iba a dejar que aquello lo influyera. Seguramente Lucrecia Borgia también se enternecería con los bebés. No debía dejarse engañar por sus argucias. Debía recordar en todo momento por qué estaba allí.

Todos los que lo conocían compartían la opinión de que, cuando todo el mundo había tirado la toalla, Josh seguía intentándolo.

—Exactamente y cuanto antes, mejor.

Flora se tapó los ojos para no ver cómo él se agachaba y agarraba al aterrorizado animalillo. Sintió un inmenso alivio cuando lo oyó salir. Se acabó. Se dejó caer en una de las sillas de colores de la cocina y dejó escapar un largo suspiro. Josh volvió a los pocos minutos y Flora ya se había recompuesto para justificar su patético comportamiento.

—Ya sé que tenía él más miedo de mí que yo de él —le dijo decidida a excusarse antes de que la burla que veía en sus ojos se transformara en palabras. Sintió que el estómago se le daba la vuelta, como cada vez que lo veía. «¿Por qué cada vez que pienso en este hombre siempre aparece su boca?»—. Ya sé que ha sido una reacción de estereotipo femenino…

—Bueno, no del todo, no te has subido a la silla —contestó.

«Porque no podía de lo que me temblaban las rodillas», pensó.

—Gracias —contestó secamente—. Ya me siento una completa idiota.

—No sé por qué.

—En realidad, no me pasa nada con los ratones.

—Te agradezco que me lo aclares porque podría haber creído que los tenías fobia.

Flora lo miró enfadada.

—Lo que no aguanto es el ruidito que hacen —contestó con un escalofrío— y, además, son sucios. Por cierto, ¿no sería mejor que te lavaras las manos?

—¿No tendrás también fijación con la limpieza? —preguntó con curiosidad paseando la mirada sobre la encimera de la cocina—. Veo que no.

—No es muy amable por tu parte acusarme de ser una vaga ahora que estoy traumatizada —le informó con severidad—. Me estaba haciendo el desayuno cuando ese…

—Animal salvaje te atacó.

—¡Ríete si quieres! —sonrió—. Si no hubieras aparecido, no sé qué habría hecho.

—Eso mismo me preguntaba yo —confesó—. En una guerra de agotamiento, sobrevive el más duro. No sé lo dura que serás tú.

—Lo suficiente, te lo aseguro —contestó recordando lo ocurrido en las últimas semanas.

—Te creo —dijo él sacudiéndose las manos en el fregadero y dándose la vuelta hacia ella como esperando algo.

Flora se levantó, sacó una toalla limpia de un cajón y se la dio.

—Gracias, eres un cerdo sarcástico, pero me has sido de ayuda.

Al ver cómo la miraba, recordó que solo llevaba una bata corta que dejaba al descubierto el camisón y buena parte de sus piernas. Intentó disimular que su mirada le había puesto a mil, se abrochó el cinturón de la bata como quien no quiere la cosa, lo que hizo que él se sonriera.

Josh llevaba pantalones vaqueros, como el día anterior, pero estos estaban rotos por las rodillas. También llevaba una camiseta impecable y bien planchada, pero llena de gotas de pintura de varios colores, que se le pegaba al cuerpo y marcaba su torso musculoso. Flora pensó con desaprobación que habría sido más profesional que se hubiera puesto un mono o una tienda de campaña, claro, le dijo una vocecilla, para que no se le marcara nada. Tuvo que admitirse a sí misma que, aunque se pusiera una bolsa en la cabeza, se seguiría sintiendo atraída por aquel tipo.

—¿Qué estás haciendo aquí a una hora tan intempestiva? —preguntó contrariada por lo que acababa de descubrir. En pocas palabras: ¡lo deseaba como una loca! Sin embargo, su instinto le dijo que aquello terminaría mal, como habría dicho su abuela sino hubiera estado muerta.

—¿Cómo que intempestivas? ¡Pero si se ha pasado la mitad del día! Claro, para los que llevamos levantados desde las cinco de la mañana.

—¿Quién cuida de Liam mientras tú trabajas?

—Bueno, se lo está pasando estupendamente. Megan lo mima que da gusto… por alguna razón, nunca se harta de él.

¿Le ocurriría lo mismo con el padre? ¿Aquella misteriosa Megan, que no había mencionado antes, tampoco se hartaría nunca de ponerle la mano encima? No le gustó los derroteros que estaban tomando sus pensamientos.

—¿Megan? —preguntó molesta. Al oírse comprendió que debía de parecer que el monstruo de los celos se había apoderado de ella y lo peor era que seguro que Josh también se había dado cuenta. Lo que faltaba. ¡Con lo seguro que estaba él de sus encantos!

Decidida a disimular aunque le fuera la vida en ello, levantó el mentón con total y fingido desinterés en la cara. ¡Cómo se le ocurriera sugerir que lo que había dicho no era simplemente un comentario cualquiera...! Normalmente, era capaz de fingir muy bien. El hecho de que Josh Prentice le impidiera hacer alarde de sus argucias sociales la hacía sentir pánico—. Qué nombre tan bonito —mintió.

—Sí, la verdad es que sí —murmuró Josh con amabilidad. La sonrió mientras a ella se le borraba la falsa sonrisa de la cara—. Me gustaría que os conocierais... Seguro que os lleváis bien.

—Sí, me apetecería mucho, pero no he venido aquí a hacer amigos.

—¿Para qué has venido exactamente?

Josh vio recelo en sus ojos antes de que Flora apartara la mirada.

—Me parece que ya te he dicho que mi prometido y yo rompimos hace poco.

Josh le acarició la cabeza.

—¿Cómo lo iba a olvidar? ¡Paul el inútil! Así que has venido para lamerte las heridas y reponerte de tu derrota sentimental —dijo sarcástico.

A Flora le chirriaron los dientes y lo miró con disgusto. «¿Por qué no dice tranquilamente que soy una estúpida?»

—¡No a todo el mundo le gusta exponer sus sentimientos a la gente! —le espetó.

Josh dobló la toalla con esmero y se la devolvió. Cuando ella la fue a agarrar, él no la soltó.

—No todo el mundo tiene sentimientos que dejar ver —murmuró. Con furia en los ojos, Flora tiró de la toalla y consiguió arrebatársela—. ¿No pretenderás que me crea que estabas realmente enamorada de él? Bueno, seguro que tiene muchos puntos a su favor, como que sabe moverse en los círculos sociales adecuados y mi intuición me dice que, además, seguro que estaba forrado —comentó sonriendo lánguidamente mientras ella respiraba airada y se le llenaban los ojos de lágrimas de cólera.

—¡Me importa un bledo lo que pienses! —se defendió.

Aquello que había dicho era como decir que su compromiso había sido algo frío y calculado. Obviamente, Josh pensaba que ella era así. En realidad, Paul nunca se le había declarado, así que no había habido un momento en concreto en el que ella hubiera tenido que tomar una decisión. Fue algo que sus familias y sus amistades habían dado por hecho que sucedería tarde o temprano. ¡En aquella época, cuando Flora pensaba en el tema, no se le había ocurrido ningún motivo por el que no debieran casarse!

Ella quería tener hijos algún día y nunca le había gustado el mercado de carne que existía entre los solteros. En cuanto a aquello del «amor de verdad», ya tenía suficiente edad y experiencia como saber que era una tontería. Además, sabía lo que querer mucho a una persona podía doler cuando esa persona desaparecía. Si una pérdida así podía destrozar a alguien tan fuerte como su padre, ¿qué no haría con ella?

—Bueno, ¿qué quieres que piense? La verdad es que no me has puesto ningún impedimento. No parece la actitud de alguien que está enamorada de otro hombre.

No, la verdad es que no le había puesto ningún

impedimento y, al no haberlo hecho, se había puesto en el blanco de ese tipo de comentarios. Maldijo internamente su comportamiento.

—Es que el sexo no tiene nada que ver con los sentimientos —contestó.

—Ese punto de vista es muy masculino.

Flora se dio cuenta de que la piel de la garganta donde él tenía los ojos fijos le estaba abrasando, pero hizo un esfuerzo para no tapársela con la mano.

Por suerte, había recobrado la respiración. Suspiró aliviada.

—Es un mundo de hombres —le recordó tranquilamente—. Soy de la opinión de que a las mujeres nos va mucho mejor si vivimos según vuestras normas —alegó.

—Ya veo, así que tú perteneces a esa nueva hornada de mujeres que aguantan bebiendo y blasfemando como un hombre. ¡Impresionante! No tengo nada en contra. La verdad es que tiene sus ventajas. Ligar sería mucho más fácil, por no decir mucho más barato, si los hombres nos pudiéramos saltar las flores y las cenas románticas y pudiéramos directamente preguntaros si os apetece un…

—¡Eres lo menos romántico que he conocido! —le espetó arrojando la toalla a la cesta de la ropa sucia. Ojalá fuera igual de fácil deshacerse de aquel hombre, que tenía una habilidad excepcional para tergiversar todo lo que ella decía.

—Supongo que crees que es natural que los hombres salgan a pasárselo bien mientras las mujercitas se quedan en casa zurciéndoles los calcetines malolientes —lo miró con resentimiento cuando él echó la cabeza hacia atrás y se rio a carcajadas—. ¿Qué te parece tan divertido?

Josh se quitó las lágrimas de los ojos. A Flora le encantó ver que lloraba cuando se reía.

—La idea de verte zurciendo un calcetín —le contestó—. De hecho, no creo que sepas ni cómo son las agujas de zurcir.

—Es solo una manera de hablar. Hoy en día, ya nadie zurce.

—Seguramente, Megan, sí —murmuró pensativo.

—Entonces, seguro que es una compañera perfecta para ti. Un felpudo.

—Sé que todo el mundo se empeña en encontrarle pareja a un padre que está solo, pero no tengo ninguna intención de emparejarme —aclaró sugiriendo que ella tampoco podría resistirse a aquella situación. Deseó que tampoco pudiera resistirse a él. Luchó contra aquel pensamiento. ¡No había ninguna ley que prohibiera disfrutar de una buena venganza!

—¿Sabe Megan eso? —preguntó molesta.

—Megan ya está casada —contestó con tristeza—. Con Huw.

—¿Quién es Huw?

—El padre de Geraint. ¿Te acuerdas de Geraint? El granjero grandote. Megan es su madre.

—Ah.

—No sé por qué estás celosa. Sabes que eres la única mujer a la que quiero besar —dijo repugnándose a sí mismo por semejante frase. Sin embargo, Flora sintió que sus palabras la perforaban y entraba en un estado de ensoñación peligroso.

Flora dudaba mucho de que, una vez abierta la jaula de su libido, Josh fuera a contentarse con una sola mujer. Tal vez, ella fuera a ser la primera en saciar su hambre, pero no soñaba en ser la última. Suficiente razón como para no seguir por ese camino. En teoría, la idea de sexo sin compromiso no hace daño estaba muy bien, pero en la práctica era una campo de minas por el que ella no quería atravesar.

—No soy una mujer celosa, nunca lo he sido —dijo intentando reír despreocupadamente, pero haciéndolo estridentemente—. No me gustaría entretenerte si tienes que trabajar —le dijo recogiendo la vajilla que había sobre la encimera con gran ruido.

—Según la tradición, se suele ofrecer una taza de té a un trabajador antes de que se ponga en faena —se burló—. ¿No lo sabías?

—Parece que no —contestó ella pensando que la cocina era demasiado pequeña para estar con un hombre así de grande y no sentir claustrofobia. Se secó las manos en el delantal—. ¿Hay alguna otra norma que deba saber?

—Sí, hay que darle té a intervalos durante toda la jornada laboral —le dijo al oído. Flora sintió su aliento en el lóbulo de la oreja—. Y, por último, yo tengo una debilidad muy personal… —dijo con voz ronca haciendo que ella se derritiera como la miel.

Flora sintió que le flaqueaban las piernas y el cuerpo se le balanceaba, por lo que él avanzó para sostenerla. El contacto entre sus cuerpos, el perfecto acople de sus curvas y ángulos no hicieron mucho para mejorar la situación. No quería ni imaginarse qué sucedería si se acercaban más. Sentía los pechos, hinchados y doloridos, contra el camisón.

—¿Qué debilidad es esa? —preguntó en un hilo de voz. En realidad, creía conocer la respuesta puesto que estaban tan cerca que era imposible no percibir su erección. Flora sintió una profunda excitación que surgía de no sabía qué recóndito rincón de su cuerpo. La ferocidad de su respuesta ante la erección de él era casi aterradora. Notó que se le tensaban las manos. La escalada sexual que había entre ellos era tan palpable en el ambiente que si hubiera agarrado un cuchillo le habría costado trabajo abrirse paso.

Si se daba la vuelta, tal vez creería que le estaba dando pie, pero ¡qué diablos! Una mujer tenía sus límites.

Josh miró aquella cara expectante y delicadamente sonrojada. No había rastro de timidez en cómo lo estaba mirando. No llevaba un cartel en el que se leyera «Hazme tuya», pero la invitación sexual era igual de explícita. Aquella mujer se acababa de levantar y estaba para quitar el hipo. Pensar en ella en la cama hizo que el dolor que sentía en la ingle se acrecentara.

Los músculos de su garganta tuvieron que trabajar a toda máquina para tragar saliva a tanta velocidad.

—Galletas —contestó—. Mejor si son de chocolate. Si me baja el nivel de azúcar en sangre, no puedo hacer nada —cuando creía que estaba a punto de besarla dulcemente, lo único que sintió fue la amarga humillación. Parpadeó sorprendida y el brillo sensual de sus ojos desapareció por completo. Carraspeó, con las mejillas sonrojadas de mortificación, e intentó darse la vuelta—. ¡Eh! —exclamó Josh agarrándola del codo para que no se fuera—. Era una broma.

«¿Desde cuándo no sé aceptar las bromas o el rechazo?», se preguntó a sí misma. Tal vez desde que la broma significaba que Josh no la besara. ¿Desesperación quizás? Dejó de morderse el labio inferior y recuperó el ritmo respiratorio poco a poco. Completamente avergonzada, se paró y se quedó quieta.

—¿Ha sido una broma mala? —sugirió él.

O había perdido el entusiasmo en el último minu-

to o le encantaba ver a las mujeres muertas de vergüenza. Si era así, debía de estar encantado… Lo
miró y vio que no tenía cara de estar disfrutando.

—Tal vez la broma haya sido yo, la forma en la
que te he tratado… —Flora pensó que ya no aguantaba más la filosofía aquella de la sinceridad absoluta.
Tal vez fuera demasiado tarde como para hacer que
no había pasado nada aunque, la verdad, tampoco había pasado mucho. ¿Quizás por eso precisamente se
sentía tan herida? Carraspeó—. Pero tú me diste pie.

—¿Has venido a torturarme o a pintar la habitación? —le espetó.

—La tortura es por ambas partes —contestó él
con candor.

Flora se tranquilizó. La sombra que vio en los
ojos de Josh indicaba que estaba librando una batalla
interior tan fuerte como la suya. Había estado tan
centrada en sus propios sentimientos que no se había
parado a pensar en los de él.

¿Pensaría que estaba traicionando la memoria de
su esposa por desear a otra mujer? Ese era el problema de liarse con un hombre con pasado.

—Tal vez pienses que soy una frívola, pero una
parte de mí se alegra de oírte decir eso —confesó
Flora—. El sufrimiento entre dos se lleva mejor —
añadió. Se le borró la sonrisa de los labios y dio paso
a un ceño fruncido. No quería hacer sangre del asunto, pero quería que él supiera que lo entendía muy
bien, tal vez mejor que nadie—. No debes sentirte
mal por… por… —intentó buscar una palabra para
describir el beso y la sexualidad a flor de piel que había entre ellos, pero no la encontró—. ¡Tener deseos
sexuales es de lo más normal! —Josh la miró sorprendido y dejó de pasarse la mano por el pelo—.

Debes hablar de ello —añadió Flora con ternura—. No hay que guardarse todo dentro. Todos tenemos necesidades; tarde o temprano.

Josh llevaba desde que la había conocido diseccionando clínicamente sus deseos sexuales. Había conseguido engañarse a sí mismo, autoconvencerse de que lo tenía todo controlado... hasta aquel momento. No había nada de intelectual en el salvaje impulso que le había dejado helado al comprobar que la señorita Flora Graham tenía necesidades. Le hubiera gustado tener un par de días de ocio para explorar todas las posibilidades de aquel tema.

Los sentimientos salvajes que luchaba por controlar le parecían todavía más difíciles de asimilar porque ella parecía una persona sensible. Cada segundo que pasaba le costaba más negar que pudiera ser una persona comprensiva y sensible...

No es que hubiera conseguido nada, la verdad. Lo de los pecados del padre solo llegaba hasta un punto y, desde luego, cuando el hijo en cuestión era una preciosa hija cuyos ojos rebosaban integridad y deseo. ¡Lo deseaba! Pero, además, reflejaban afecto y cariño. ¡Qué lío!

—Tal vez no estés preparado... emocionalmente hablando para... —¿cómo que no? Estaba completamente preparado en todos los demás sentidos.

Al pensar en su enorme y sensual cuerpo cerca, Flora se sonrojó. Pensó que aquellos pensamientos lujuriosos que no la abandonaban conferían poca credibilidad a los consejos que le estaba dando.

—Tal vez, yo no sea la persona adecuada... —sugirió con valentía—. ¿Hace mucho que tu mujer...? —preguntó con delicadeza.

—Tres años.

—¿Tres años? Pero si Liam…

—Murió durante el parto. Le dio una especie de embolia —contestó con los rasgos de la cara endurecidos.

Flora comprendió el brillo de cólera que vio en sus ojos. Desde luego, aquella vuelta de tuerca del destino había sido de lo más cruel. Pensó en el niño y sintió un nudo en la garganta. Le acercó una silla en silencio. Él se sentó y Flora se apoyó en la mesa que había al lado. Mantuvo el contacto físico poniéndole la mano en el hombro.

—Eso no es muy normal. Mi padre es médico —dijo como para explicar de dónde le venían los conocimiento sobre el tema. Sintió en la punta de los dedos la tensión de sus músculos.

—Sí, me dijeron que era muy raro.

—¿Has criado tú a Liam desde que era bebé?

—Solo hemos pasado una noche separados. En aquel momento, pensé que estaría mejor sin mí y huí —confesó recriminándose—. A veces, pienso que le habría ido mejor si lo hubiera dejado con Jake, que tiene una familia más normal… hijos… dos padres… —todavía seguía preguntándose si no sería egoísta, si no estaría poniendo sus necesidades por encima de las del niño.

Flora protestó. Ella había visto con sus propios ojos lo buen padre que era Josh. No le gustó nada eso del hermano arquitecto perfecto. Seguro que le recordaba constantemente a Josh lo bien que lo hacía todo confiriendo a aquel hombre que no conocía de nada un ego igual de malo que su insensibilidad.

—¡Eso son tonterías! —dijo de repente. El tono de indignación hizo que Josh la mirara—. Si fue solo una noche, seguro que no llegaste muy lejos —concluyó con lógica—. ¡Nadie espera que te comportes con cabeza cuando tu mundo se acaba de desplomar! —añadió agarrándole la mano con fuerza y colocándosela en su regazo—. El que tu hermano tenga un trabajo bien pagado y una casa bonita, no quiere decir que Liam hubiera estado mejor con él. Ni se te ocurra pensar así. ¡Tú eres un padre maravilloso!

Josh no podía decir que su gemelo habría estado completamente de acuerdo con ella.

—¿Lo crees de verdad? —preguntó. Bueno, al fin y al cabo, la reputación de Jake podría aguantar una o dos embestidas. Además, le estaba gustando que Flora lo defendiera.

—Obviamente, tú y tu mujer teníais algo muy… Yo nunca he tenido eso con nadie —confesó—. No sé si será por buena o por mala suerte —reflexionó—, pero conozco a alguien que perdió a su mujer y… —no pudo continuar porque se le quebró la voz y se le hizo un nudo en la garganta.

Josh observó los dedos de Flora, aferrados a los suyos. Levantó la cara y la miró a los ojos. En aquellas profundidades azules vio neblina y compasión.

—¿Tus padres?

Flora asintió.

—Mamá era una mujer tan callada que nunca imaginé que su ausencia dejara un agujero tan grande en mi vida… Yo lo experimenté, pero no como papá. Él es de esos hombres fuertes, que siempre cargan con todo. Supongo que ese fue el problema. Todos creíamos que lo llevaba bien, pero no era cierto. Si me hubiera…

Al darse cuenta de que iba a decir algo que no debía, Flora se aclaró la garganta y bajó las pestañas para no tener que mirarlo a los ojos.

—La cosa es que él no pudo con aquello, pero tú, sí y has criado a un niño estupendo —continuó con admiración—. No deberías castigarte por cometer errores o tener dudas.

—¡No puedo hacerlo! —gritó poniéndose en pie.

Flora se quedó estupefacta ante la fuerza de su inesperada declaración.

—¿Qué?

—Decididamente, no eres la persona adecuada —contestó.

Flora se quedó paralizada ante aquella confesión.

—Ah… —acertó a decir. Bueno, al fin y al cabo, había preguntado. ¡Maldición! Incluso se lo había sugerido ella—. Bien, eso hace las cosas más sencillas, ¿no? —preguntó sintiendo náuseas ante semejante rechazo.

Sabía que una parte de ella debería de estarle agradecida por haberla salvado de cometer un gran error. «¿Cómo puedes tener un sentimiento de pérdida hacia algo que nunca fue tuyo?», se preguntó. Para más inri, no se había sentido así ni por asomo cuando Paul le había anunciado que no podía casarse con ella.

Josh asintió.

—¿Dónde está la habitación?

—¿Entonces, sigues interesado en el trabajo?

—Si la oferta sigue en pie, sí.

Tenerlo cerca iba a ser una tortura terrible, pero debía de tener una vena masoquista. Asintió.

—Sí, ya le había dicho a Claire que había encontrado a alguien y está encantada —continuó sin mirarlo a la cara.

—Pues vamos allá, entonces.

Flora hizo un gesto hacia la puerta que iba a la escalera.

—Si no te importa, no te acompaño. Solo hay dos habitaciones y la que tienes que pintar es la del fondo.

Esperó hasta que oyó sus pisadas en el suelo de madera sobre su cabeza para dejar escapar las lágrimas. Las dejó correr en silencio durante un par de minutos y luego se limpió furiosa con la mano. Se echó agua fría por la cara y decidió que era mejor meter la cabeza entera debajo del grifo.

Se estaba secando el pelo como un perro cuando se dio cuenta de que Josh estaba de pie mirándola. Su presencia, silenciosa, la hizo temblar. Parecía triste.

—Necesitaba una ducha fría —dijo ella.

—Te he hecho enfadar —contestó él sorprendido por su franqueza.

—Más o menos —contestó ella quitándose el agua de la cara con la mano—. Por un desengaño sexual no se muere nadie —continuó con brusquedad—. No me mires con esa cara de sorpresa —le espetó—. Como si los dos no supiéramos lo que acaba de pasar —concluyó humillada. Se reconoció a sí misma que se sentía… indefensa, pero ¿por qué?

—Supongo que no te suele pasar porque eres una mujer muy deseable —contestó él a modo de explicación.

«Claro, tan deseable que no te ha costado nada rechazarme».

—Creo que has hecho bien —le dijo con una serenidad que no sentía en absoluto—. Tienes que resolver todas tus dudas emocionales antes de decidirte a tirarte en plancha.

Josh no pudo evitar imaginarse cómo sería tirarse

en plancha sobre su cuerpo. Su miembro respondió vigorosamente ante el pensamiento. Se le aceleró la respiración y tuvo que apartar la mirada de ella.

El suelo de piedra estaba salpicado de gotas, así como el camisón de Flora. Los ojos de Josh se centraron en un goterón que cubría el pezón izquierdo.

Al darse cuenta, Flora se puso un brazo sobre el pecho.

—No estamos en un concurso de camisetas mojadas —le dijo con frialdad.

Josh se rio.

—¿Siempre dices cosas así?

—Nunca había tenido la ocasión de hacer una acusación semejante. En realidad, Paul me dejó sin palabras cuando me pidió que le devolviera el anillo de compromiso…

—¿Te pidió…? —repitió Josh con los ojos como platos—. Menudo…

—¿Imbécil? Paul es político, así que no suele hablar con franqueza. De hecho, puedo mantenerlos a distancia cuando la situación lo requiere —dijo. Sabía que se le daba bien mantener a raya a la gente y que le costaba hacer amigos, pero no era así con las personas que apreciaba—. No estoy diciendo que tú seas… —se interrumpió sonrojándose incómoda.

—¿Un amigo?

—No lo habría hecho muy bien como esposa de un político, ¿verdad?

—¿Querías ser una de ellas?

—En aquel momento, me parecía una buena idea —contestó encogiéndose de hombros.

—En otras circunstancias, estoy seguro de que habríamos sido amigos… —dijo como si hubiera descubierto algo asombroso—. Tal vez, algo más —

continuó en el mismo tono aturdido. De repente, se le endureció la cara—. Pero las circunstancias… —dijo con frustración girando la cara y quedándose de perfil ante ella.

—No hace falta que me des explicaciones, Josh.

Perfecto, porque no podía hacerlo.

—Flora, créeme, estás mejor sin mí.

A Flora le habría gustado discutir aquel punto, pero podría parecer servil y no estaba por la labor. Prefirió dejarlo así. Nunca había ido ella detrás de un hombre. «Entonces, ¿por qué estarías dispuesta a cambiar tus costumbres de toda la vida por él?», se preguntó cuando él cerró la puerta con fuerza tras de sí. ¡Si había una remota posibilidad de que él pudiera dejar todavía más claro que no la deseaba, no quería oírla ni por asomo!

Capítulo 4

FLORA no llegó a casa hasta las tres de la madrugada. Se había equivocado unas cuantas veces desde el puerto, lo que le había supuesto unos sesenta y cinco kilómetros más de viaje.

Bueno, al menos, así podía estar segura de que no iba a ver a Josh. Después de todo, ese había sido el objetivo de irse a pasar el día a Dublín. El día anterior, había estado trabajando varias horas en la habitación infantil, pero no habían intercambiado más que frases de cortesía antes de que ella se fuera a dar un paseo por el campo, del que se guardó muy mucho de volver cuando él ya no estuviera.

¡La colección de ampollas que le habían hecho las botas nuevas le habían dolido tanto como el día anterior, pero más doloroso habría sido la proximidad de Josh durante todo el día!

La excursión a Irlanda había sido la solución perfecta y Dublín siempre había sido una de sus ciuda-

des preferidas, aunque no había tenido muchos áni-
mos aquel día en concreto. Con un poco de suerte,
Josh habría casi terminado de pintar y no se verían
más en la vida. Al pensar aquello no se le dibujó una
sonrisa en la cara, como ella habría querido.

Se quitó los zapatos en cuanto entró por la puerta
y dejó las bolsas en el suelo. Irse de compras no le
había servido de terapia, como otras veces. Cuando
iba a mitad de las escaleras, se dio la vuelta para buscar entre el montón de bolsas. Revolvió y sacó un
gran oso de peluche muy gracioso. Lo abrazó contra
su pecho mientras subía. En cuanto lo vio, había pensado en Liam. Esperaba que Josh no hiciera una interpretación errónea de su gesto. Errónea como que
se hacía la simpática con el niño para conseguir al
padre. ¡Cómo deseaba al padre! Vio que había luz en
la habitación infantil. Josh debía de haberse olvidado
de apagarla.

—¡Madre mía! —exclamó desde la puerta. La
bombilla que colgaba del techo alumbraba la más
maravillosa de las transformaciones. Con expresión
de trance en la cara, entró en la habitación. La estancia, que había sido oscura y estrecha, se había convertido en una habitación maravillosa gracias a una
serie de sorprendentes murales. Incluso ella, que tenía veintisiete años, habría podido creer que estaba
bajo el agua. Había pececillos escondidos tras las rocas, criaturas con caparazones y un galeón hundido.
Todo parecía real. Un niño se pasaría horas disfrutando de aquello, intentando descubrir todas las sorpre-
sas escondidas bajo las aguas.

Apartó los dedos al ver que la pintura estaba fresca.

—Qué pena de talento desaprovechado, osito —

suspiró—. Este hombre es un artista —dijo con admiración.

—Muy interesante.

Flora se dio la vuelta sorprendida. Allí estaba Josh, con un brazo apoyado en la jamba de la puerta, tan tranquilo y excitante, observándola. Su enorme cuerpo bloqueaba la entrada, o la salida, dependiendo de cómo se mirara. Para Flora era, sin duda, la salida desde que había oído su voz.

—No… no sabía que… —tartamudeó—. ¿Qué estás haciendo aquí? ¿Sabes qué hora es? —preguntó con el corazón golpeándole el pecho con fuerza. Retumbaba tanto que él debía de estar oyéndolo. Entre la mezcla de emociones que emanaban de los ojos de Josh, una prevalecía sobre las demás: ¡hambre! Aquello hizo que Flora sintiera un escalofrío por la espalda y que se le agarrotara el estómago.

—Como casi lo he terminado, me he venido cuando Liam se quedó dormido —contestó—. Es más fácil trabajar sin distracciones —añadió con una sonrisa picarona.

Flora intentó frenéticamente descifrar aquel mensaje. «¿Querrá decir que yo le distraigo, para bien o para mal? ¿Las distracciones siempre son molestas por definición?» Sintió que el pánico se apoderaba de ella y que su cabeza no era capaz de dar respuesta a semejante pregunta.

—Lo siento si te molesté ayer —se oyó decir Flora con exasperación—. A lo mejor, debería pedirte perdón por respirar.

—¿De verdad? —dijo pasándose la mano entre el pelo negro en un gesto profundamente excitante—. Vaya, te has traído a un amigo… qué raro, no creí que fueras de esas chicas a las que les gustan los peluches.

Flora dejó de apretar el osito contra sí aunque lo encontraba muy útil como escudo protector.

—Se lo he comprado a Liam —contestó dándoselo—. Pensé que… Espero que no te importe…

—¿Por qué me iba a importar? —dijo agarrando el osito y colocándolo en la escalera de mano—. A Liam le va a encantar. He dejado los botes de pintura que han sobrado en el cobertizo —le informó. No parecía que él se sintiera al borde de un ataque de nervios, como ella. Una parte de Flora lo lamentó—. ¿Es esto lo que querías? —preguntó mirando las paredes.

—No —contestó ella abruptamente—. A mí no se me habría ocurrido algo tan creativo. Es increíble —confesó—. ¡Tienes un gran talento!

Josh la observó mientras ella daba la vuelta a toda la habitación admirada, parándose aquí y allá para ver de cerca los detalles.

Además de tener talento, era original. Flora se giró hacia él con entusiasmo.

—¿No has pensado nunca en ganarte la vida así? —le preguntó—. A lo mejor no solo murales… cuadros y cosas así.

—No creo que a mi familia le pareciera un trabajo apropiado para un adulto.

Flora frunció el ceño en señal de desaprobación.

—A mi padre no le parecía que el derecho penal fuera para una mujer —recordó amargamente. Recordó la cantidad de veces que había intentado convencerla. A ojos de sus padres, cualquier cosa habría sido mejor que el hecho de que su hija se mezclara con delincuentes—. Sin embargo, aquello no me detuvo —se interrumpió al darse cuenta de que podía estar sonando un poco prepotente—. No quiero decir que nuestros casos sean iguales, por supuesto… —añadió para darle a entender que comprendía su dilema—. Me refiero a que yo no tenía un hijo al que mantener.

—La verdad es que mi familia me ha ayudado mucho en eso —contestó él disculpándose en silencio con sus parientes por hacerlos pasar por una banda de ignorantes patanes—. Hubo un tiempo en el que fui una carga para ellos, pero ya he superado lo de tener que demostrar que puedo hacer todo lo que haría una madre. De hecho, intento hacerlo todavía mejor, con una mano atada a la espalda, si cabe, es decir, que me paso —concluyó.

Con aquellas palabras dejó claro que lo había pasado mal. Flora se imaginó a Josh, completamente hecho polvo, teniendo que criar a un bebé y no pudo evitar sentir ganas de llorar.

Cualquiera diría que nunca se había topado con una historia así en su vida. No podía evitar sentir como si un puño de hierro le estuviera espachurrando el corazón. Por eso, cuando pensaba en aquel hombre, se ponía sentimental y se conmovía y, por qué no decirlo, sentía un inmenso sentido protector. Aunque, viéndolo tan grande quedaba claro que Josh Prentice podría apañárselas muy bien solo. Además, despertaba en ella sentimientos que no tenían nada maternales.

—¿Qué tal está Liam?

—Dormido, espero. Como deberíamos hacer nosotros… Me toca ordeñar a las vacas por la mañana y, según mi reloj, no queda mucho para que llegue la hora…

Flora se dio cuenta de las ojeras que tenía.

—Yo me moriría si tuviera que madrugar tanto.

—Yo estoy acostumbrado a los horarios de Liam

desde hace tiempo y, además, nunca he dormido demasiado, pero admito que... —volvió a mirar el reloj.

De repente, Flora se dio cuenta de por qué estaba tan cansado y de que lo último que necesitaba era que una mujer enamorada le diera consejos profesionales a horas tan intempestivas. Aquel tipo había elegido no dormir, ir a trabajar, para no encontrarse con ella. Aquello dejaba muy claro que no buscaba su compañía.

—Supongo que habrás venido a que te pague. ¿Te parece bien un cheque? —preguntó helada. Sintió todo su sistema nervioso conmocionado. ¿Enamorada? ¡Claro! ¿Cómo no se había dado cuenta antes?

—¿Te pasa algo?

Flora forzó una sonrisa y negó con la cabeza.

—No, nada —contestó. «Solo que acabo de descubrir que me he enamorado por primera vez»—. Por un momento, creí que había perdido el bolso, pero he recordado que lo he dejado abajo —de repente, pareció como que él la iba a acompañar, pero no se movió—. ¿Te vale un cheque?

—¿Un cheque...? —preguntó confuso por la falta de sueño.

—Sí, has terminado el trabajo.

—No quiero dinero de ti —contestó beligerante.

—¿Qué? Bueno, no es mío, la verdad —lo aseguró—. Claire me lo devolverá —añadió aunque había decidido que la nueva habitación sería un regalo estupendo para su amiga por haberle dejado su casa cuando más lo necesitaba.

—No —insistió él inflexible apretando los dientes.

Flora sintió la exasperación y pensó en todos los

hombres amables, fáciles y manejables de los que se podía haber enamorado. «¡No, me tenía que enamorar de este imbécil, cabezota e incomprensible al que ni siquiera le gusto! ¡Muy bien, Flora!»

—¿Qué te pasa? —le preguntó.

—No me pasa nada. Me lo he pasado muy bien haciéndolo… —contestó mirando la habitación—. Ha sido una buena terapia.

Flora no sabía si creer lo que le estaba diciendo. Si había sido una terapia tendría que estar relajado y no lo parecía en absoluto. De hecho, parecía tan agotado como ella.

—Hay gente que defiende que lo mejor es que te paguen por hacer algo que te gusta. A mí me gusta lo que hago, pero no me preocupo por el sueldo a final de mes. ¿Por qué no lo dejamos en que esto podría ser el principio de una carrera prometedora?

—¡Porque no! —contestó con lágrimas de frustración en los ojos y golpeando con el pie en el suelo—. Ese orgullo tonto que no viene a cuento no sirve para comprar zapatos para Liam —le recordó enfadada—. No es caridad, te lo has ganado… —dijo mirando la pintura que cubría las paredes.

—No voy a aceptar tu dinero, así que no insistas.

—¿Por qué eres tan obstinado? —suspiró—. No pienso aceptar tu generosidad porque no me parece… no me parece apropiado.

—¡No es generosidad! —rugió acercándose a ella en una zancada.

Quedaron frente a frente. Su cercanía física, el magnetismo que emanaba de su cuerpo, era lo más excitante y amedrentador que le había pasado jamás a Flora. Sintió un inmenso calor seguido de un terrible frío. Aquello no era lógica, pero nada era lógico en la atracción que sentía por él. Flora levantó la cabeza y se encontró con sus ojos grises, rebosantes de un enfado que ella no acertó a entender.

—¿Quieres saber de verdad cómo soy? —gruñó con disgusto. Flora vio su pecho arriba y abajo—. ¿Quieres que te lo diga?

Flora no respondió. Simplemente, no podía. Sintió sus manos en los hombros y se asustó. Por otra parte, se alegró porque sus rodillas ya no la tenían en pie desde que había sentido su aroma masculino tan cerca.

El timbre del teléfono interrumpió el silencio. Los ojos de Josh miraron inmediatamente el móvil que llevaba colgado del cinturón.

—Debe de ser el mío. Me lo he dejado abajo.

—¿Vas a contestar? —preguntó él con dulzura.

—Debería… —admitió en voz baja.

Él se apartó y ella pasó a su lado.

En algún punto de la conversación, él entró en la sala. Flora no se había dado cuenta de cuándo había sido exactamente. Se sorprendió cuando él se acercó y le quitó el teléfono de las manos.

—¿Qué ocurre? —preguntó ante la cara de ella, conmocionada y sorprendida.

—Mi padre ha muerto —contestó Flora sin asimilarlo. No podía ser. No podía ser—. Esta noche. Le ha dado un ataque al corazón —añadió mirándolo—. ¿No viene ahora el momento en el que tú me dices que lo sientes mucho? —preguntó sintiéndose morir ella también.

Josh no dijo nada, pero sus ojos reflejaban compasión. Había dejado de confundir lo que sentía por el padre y lo que sentía por la hija. De hecho, había decidido que no podía vengarse del padre si ello requería hacerle daño a ella. ¿Qué significaba aquello? Josh creía saber la respuesta, pero no estaba preparado para asimilar la evidencia.

—Siéntate —le sugirió.

Flora asintió y cruzó la habitación tocándose el pelo distraídamente.

—Lo había perdido todo, su estatus, su trabajo. Le dijeron que no le iban a incapacitar, pero había perdido el respeto y la confianza de sus pacientes, así que decía que ya no tenía motivos para seguir viviendo —le explicó—. ¿Qué es eso?

—Brandy.

—Es de Claire.

—No creo que le importe.

Flora se tapó la nariz y se estremeció al sentir el alcohol caerle por la garganta, pero se lo tragó obedientemente.

—Todo empezó cuando murió mi madre. Parecía algo sin importancia, tranquilizantes para dormir —continuó con los ojos cerrados. Josh se dio cuenta de que no se lo estaba contando a él. Simplemente, estaba hablando en voz alta—. No creo que nunca se diera cuenta de que estaba enganchado, pero su nueva secretaria, sí —dijo alzando la mirada, llena de amargura—. Ella intentó chantajearlo, le dijo que tenía que darles a ella y a sus amigos ciertos medicamentos. Ahí fue cuando él se dio cuenta lo bajo que había caído —Flora se limpió las lágrimas de los ojos—. Fue a la policía y lo confesó todo, pero ella se le había adelantado. Estaba decidida a hundirlo con ella. Los tribunales desestimaron el caso por falta de pruebas. ¡Por supuesto que no había pruebas! Mi padre no era un camello, era un hombre triste y solitario —gritó—. Sin embargo, el daño ya estaba hecho. La prensa se hizo eco de la noticia —abrió los ojos de repente. En ellos se leía claramente la autorecriminación—. Si hubiera trabajado menos… si hubiera estado con él cuando me necesitó… no habría… Estaba perdido sin mi madre. ¡No quiero verme nunca en esa situación! —le dijo brutalmente—. ¡No quiero querer nunca tanto a nadie! Se muere y no reaccionas. Con Paul, nunca me habría sucedido eso —dijo llorando profusamente.

Josh agarró el vaso de su mano antes de que se cayera al suelo y la acomodó en una silla. Le puso una mano en la nuca y la acercó contra él.

Flora se quedó con la cabeza apoyada en su tripa y los brazos alrededor de su cintura hasta que la violenta llorera se terminó. Entonces, levantó la cabeza, sollozando y sorbiendo, al tiempo que se limpiaba la cara con la mano.

—Lo siento.

—No pasa nada. Todo el mundo llora en mi hombro. Aunque, esta vez, ha sido más bien en la tripa.

—Tengo que volver a Londres.

Logró controlarse y fue como si la mujer completamente destrozada de hacía unos minutos no hubiera existido nunca. Josh se quedó alucinado. Por primera vez desde que la había conocido, le recordó a aquella otra Flora, fría como el hielo, que trataba a los periodistas con dureza.

—Deberías dormir algo primero.

Flora negó con la cabeza.

—Tengo que… —se interrumpió y Josh vio que se le hacía un nudo en la garganta—. Tengo que arreglar unas cuantas cosas. Lo necesito —contestó con brusquedad pensando que si se mantenía ocupada no tendría tiempo para pensar. Pensar dolía. Sonrió. ¡No quería que Josh creyera que iba a apoyarse en él, ni física ni emocionalmente!

—No puedes conducir —apuntó él. Flora iba a contradecirle cuando vio la botella de brandy.

—¡Maldición! Tendré que ir en tren. Voy a llamar un taxi para que me lleve a Bangor.

—Yo te llevaré.

—¿Tú?

—Sí, yo. Tú haz la maleta o lo que sea y yo, mientras, voy a decirle a Geraint lo que ha sucedido. El expreso sale a las cinco y media —añadió al ver lo impaciente que se mostraba ella por irse.

—¿Estás seguro?

—Sí.

Para cuando Josh volvió, ella ya había metido unas cuantas cosas en una bolsa de fin de semana.

—Puedo conducir, la verdad —dijo Flora mientras se dirigían al 4x4 de él—. Solo he bebido un trago.

—También podrías quedarte dormida al volante y provocar un accidente —le dijo con firmeza.

Flora se calló porque sabía que Josh tenía razón. Durante el trayecto, él no intentó consolarla ni sacar ningún tema de conversación, algo que ella agradeció porque prefería que la dejaran en paz con sus pensamientos.

La muerte de su padre no le parecía real. La noche anterior había hablado con él por teléfono y, por primera vez desde el juicio, le había parecido que se mostraba optimista ante el futuro. Recordó la conversación una y otra vez y sintió un inmenso dolor en el corazón.

—Lo último que quiero es que tú sufras, Flora —le había dicho. Por mucho que ella insistiera, él no paraba de culparse.

Josh le alcanzó la bolsa cuando hubo subido al vagón de primera clase.

—Sé cómo te sientes y, tal vez no sirva de nada lo que te voy a decir, pero te aseguro que se pasa con el tiempo—le dijo.

Flora, a pesar del tremendo enfado, pudo morderse la lengua a tiempo y no contestar. Al fin y al cabo, era cierto. Él sabía lo que era aquello. Asintió sin decir palabra.

—¡No te he pagado el billete! —exclamó.

—No pasa nada —contestó él. ¡Cómo si le sobrara el dinero! ¡Y encima primera clase! Flora no supo qué deseaba más, si estrangularlo o besarlo.

—¡No vuelvas a hacerlo! Ha sido un detalle por tu parte, pero no te lo puedes permitir, Josh, no tienes... —se mordió la lengua.

—Ya me lo devolverás —comentó sin dar importancia a su comentario—. ¿Vas a volver? —preguntó como si tal cosa, aunque sus ojos reflejaban algo muy distinto.

Flora dejó de esforzarse por controlar sus sentimientos. Algo le dijo que acababa de ocurrir algo.

—Yo... eh... ¿Vas a estar aquí? —preguntó.

Josh asintió clavando la mirada en sus ojos.

—Si tú quieres, sí.

Flora suspiró aliviada. Sabía que Josh no era de esos hombres que hacían promesas a la ligera.

—Sí, quiero —le contestó. Se puso de puntillas y asomó la cabeza por la ventana.

Josh vio cómo las lágrimas le corrían por la cara mientras el tren avanzaba.

Flora no sabía muy bien qué había sido, pero el hecho de saber que él la estaría esperando a su regreso, le hizo mucho más llevadera su estancia en Londres. No se dio cuenta de lo mucho que le apetecía volver hasta que no se vio de nuevo en casa de Claire casi una semana después, muriéndose por verlo.

«Seguro que me estoy haciendo falsas ilusiones», se dijo a sí misma mientras subía por el camino que conducía a la granja. Ni toda la lógica ni todo el sentido común del mundo podían evitar que su corazón latiera desbocado mientras se acercaba a los edificios blancos de Bryn Goleu.

Cuando llegó a la altura de Geraint iba casi corriendo. Él estaba enseñando a un perro en galés.

—Es joven y tiene mucho que aprender, ¿verdad, pequeña? —dijo Geraint acariciando a la perra que tenía al lado—. ¿Buscas a Josh? —Flora no se dejó intimidar por el brillo que vio en los ojos del hombre—. Está en el granero —añadió señalando ladera abajo.

—Gracias.

Geraint, seguido por los dos perros, se giró y le hizo un ademán con la mano.

El granero era sombrío y olía a las balas de heno que se apilaban por todas partes. Flora vio a Josh antes que él a ella. Desnudo de cintura para arriba, su piel color aceituna estaba recubierta por una fina capa de sudor. Él paró de trabajar y se dio la vuelta lentamente. Flora aguantó la respiración y observó todos aquellos músculos firmes.

—¡Hola! —saludó ella sintiéndose estúpida.

—¿Qué tal ha ido todo? —preguntó él comiéndosela con los ojos.

—Bastante mal —contestó ella con tristeza.

—¿Cuándo has vuelto?

—Hace un cuarto de hora —contestó sonrojándose. «¿Por qué no haces un poco más el idiota? ¡Venga, dile que tenías tantas ganas de verlo que ni siquiera has sacado el equipaje del coche!»—. Te estoy distrayendo…

—Como siempre.

—Me refiero a tu trabajo…

—Iba a hacer un descanso. ¿Quieres…?

—¡Sí, por favor! —contestó a toda velocidad—. ¡Madre mía! ¡No me puedo creer que esté haciendo esto! —añadió tapándose la cara.

—¿Qué es lo que estás haciendo, Flora?

—Muy amable por tu parte hacer como que no te has dado cuenta, pero me estoy comportando como una… te busco como una fresca —contestó poniéndose roja.

—Una fresca muy guapa —señaló Josh quitándole las manos de la cara—. Bienvenida a casa, Flora —añadió mirándola con cariño. Flora no podía apartar la mirada de sus ojos.

—A casa —repitió ella. Sentía su cuerpo necesitado.

—¿No está uno en casa cuando está donde quiere su corazón…?

—Sí, creo que sí, Josh… —contestó sintiendo un gran escalofrío por todo el cuerpo y una tensión que no podía aguantar más.

—Ven aquí —le dijo él con voz aterciopelada.

Flora no se lo pensó dos veces. Fue hacia sus brazos. Josh la abrazó y apoyó la cabeza en ella, pasándole los dedos por el pelo. Flora no pensaba arriesgarse. Si no la besaba se iba a volver loca. Por suerte, lo hizo.

Flora abrió los ojos lentamente cuando él dejó de besarla. En aquellos momentos, su cerebro solo era capaz de registrar cosas que tuvieran que ver con él:

el olor masculino a almizcle que desprendía su cuerpo, la textura satinada de su maravillosa piel, la fuerza de su abrazo. Aspiró con placer todas aquellas cosas que pertenecían al hombre de quien se había enamorado.

La mano que había puesto en su cintura comenzó a descender para comprobar la dureza de sus glúteos. Josh gimió y la apretó contra su cuerpo para que comprobara la urgencia de su deseo y la miró con desesperación.

—Supongo que esto no es muy inteligente —le advirtió—. Podría aparecer alguien.

Flora le pasó un dedo por la barbilla y tembló cuando él lo besó en la punta. A continuación, con el mismo dedo, dibujó la sensual línea de sus labios.

—¿No es la chica la que suele decir eso? —preguntó ella acalorada.

—No te pareces a ninguna de las chicas que he conocido antes.

—¿Y eso es bueno? —preguntó ella poniéndose de puntillas y mordiéndole el labio inferior. Flora suspiró y frotó su nariz contra la de Josh—. Adoro tu boca —le dijo con total naturalidad—. Es perfecta —continuó escrutando con hambre la perfección de sus labios.

—Ojalá todos mis críticos fueran como tú.

—Si te dan algún problema, diles que vengan a hablar conmigo.

—Muy generoso por su parte, pequeña señorita —contestó él sonriendo.

—Odio estropear un momento tan bonito…

—Lo está siendo, ¿verdad? —preguntó Josh mirando aquella boca que tenía delante. No pudo evitar zambullirse en su dulzura.

—Pero no me gusta lo de «pequeña señorita» —continuó. Aquello le hacía sentirse delicada y pequeña, como si él pudiera agarrarla y metérsela en el bolsillo.

Mientras le daba vueltas a aquel pensamiento, Josh la agarró en brazos y la colocó sobre las pilas de heno.

Pensó que aquello era maravilloso, la complicidad con la que sus caderas se encontraron cuando él se tumbó a su lado. Josh se apoyó en un codo y le quitó unas cuantas pajitas de la cara.

Ella sonrió y se estiró como una gata.

—Si fuera un gato, me pondría a revolcarme por el heno —comentó Flora ingenuamente. Sin embargo, sus palabras tenían una carga sensual que no le pasó inadvertida a Josh.

—Olvídate de eso —contestó desabrochándole el primer botón de la camisa—. Tienes que guardar energías para otras cosas —añadió observado la curva de su cuello y la perfección de su piel antes de pasar al siguiente botón.

Flora pensó que no tenía ningún problema de energía porque, cada vez que la tocaba, producía electricidad suficiente como para proveer a toda la red nacional. Cuando le quitó la camisa, Josh observó cómo su pecho subía y bajaba al ritmo de su respiración.

Flora tenía la cabeza hacia un lado y, cuando él le tocó la barbilla con el pulgar, la dejó descansar sobre su mano. Josh sintió los fuertes latidos de su pulso en la base de la garganta.

—Flora, ¿estás bien? —le preguntó repentinamente preocupado. Vio que el valle que formaba su tripa subía y bajaba también a toda velocidad. Comenzó a preocuparse cuando vio lo pálida que estaba.

Flora abrió sus profundos ojos azules y él se sintió aliviado.

—Nunca me he sentido mejor —contestó ella haciendo énfasis en cada sílaba.

—Puede que esto no sea una buena idea —comentó él empezando a dudar—. Acabas de pasar por un mal momento…

Flora se irguió, le pasó la mano por la nuca y atrajo su cabeza hacia sí.

—¡Tú sí que vas a pasar un mal rato como intentes no acabar lo que has empezado! —susurró—. Soy consciente de lo que estoy haciendo. ¡Sé perfectamente lo que quiero! —añadió con ferocidad.

Josh sonrió dejando al descubierto la blancura de sus dientes.

—No haré ruido —prometió con las manos en alto en señal de rendición—. ¡Ay! —se quejó al ver que le había arrancado unos cuantos pelos.

Flora observó los cabellos oscuros entre sus dedos.

—Lo siento —sonrió—. De todas formas, no pasa nada, tienes mucho pelo.

—No me interesa hablar de ello en estos momentos.

—¿De verdad? Muchos hombres de tu edad se muestran muy interesados en este tema. ¡Uy! —exclamó cuando él se le echó encima y la tiró de espaldas contra el heno. Con una rodilla se hizo hueco entre las piernas de ella para meter las suyas.

—¿No te parece un sitio acogedor? —preguntó levantándole la camisa.

No era eso precisamente lo que estaba pensando

ella, pero no tenía fuerzas para discutir con él mientras siguiera haciéndole ese tipo de cosas.

La besó sin parar hasta que hizo que Flora se olvidara de respirar, se olvidara hasta de su nombre, pero no del de Josh, no, del suyo, no. Su nombre estaba grabado en su corazón con letras enormes porque lo quería. Nunca se había imaginado que la sumisión fuera tan maravillosa.

No se dio cuenta de cuándo le quitó la camisa ni el sujetador. De repente, ante la insistencia de su mirada, recobró la consciencia de que estaba desnuda. Siempre se había sentido bien con su cuerpo, pero, por un momento, tuvo miedo de no gustarle suficiente. Sus palabras disiparon sus temores.

—Te deseo desde la primera vez que te vi, pero no sabía cuánto hasta ahora… Eres increíble.

Josh no podía quitarle los ojos de encima. Tenía unos pezones pequeños, pero fuertes y puntiagudos, sorprendentemente oscuros en comparación con el resto de su piel. Parecían bayas, silvestres y dulces. Acarició ambos y luego pasó a chupárselos, primero uno y luego el otro.

Flora arqueó la espalda mientras se entregaba por completo al sensual placer de sus caricias. Él estaba encima de ella, besándola, desde los pechos hasta los labios, pasando por el cuello.

Con los dedos separados, Flora paseó las palmas de las manos por su pecho recubierto de vello y sus marcados abdominales. Sintió que él aguantaba la respiración y vio cómo los músculos respondían inevitablemente ante sus caricias.

Respirando entrecortadamente y con la lengua entre los dientes para que no se le cayera la baba, Flora comenzó a desabrochar el cinturón de cuero

. que llevaba con los vaqueros. ¡No podía coordinar!

Era un gesto tan fácil, pero no podía hacerlo. Sudando del esfuerzo, dio un grito de desesperación y tiró de él con fuerza hasta que hizo que le fallaran las rodillas. Cuando lo tuvo encima, se regocijó en el placer que le producía sentir su erección en la tripa.

—Quiero… quiero —tartamudeó.

—Shh, cariño, lo sé —contestó él con dulzura. Con total maestría, él le quitó los vaqueros y los zapatos. Se le dibujó una sonrisa de lobo cuando vio la única prenda que le quedaba por quitarle: unas mínimas braguitas de encaje, que no tardaron en estar en el suelo.

—Eres rubia de verdad.

Flora abrió la boca para reprenderlo por haberlo dudado, pero no pudo articular palabra. Sintió el aire fresco sobre la piel, pero aquello no hizo que su temperatura interior bajara. Levantó la vista para mirar a Josh.

Él se había puesto en pie para quitarse los vaqueros y los calzoncillos. Obviamente, el término inhibición no entraba en su vocabulario. Era un placer verlo allí de pie, desnudo, y obviamente excitado.

—¡No te quedes ahí, tío! —dijo ella imperiosamente desesperada. Flora se sentía desesperada y completamente fuera de control.

Solo verlo moverse hizo que se derritiera por dentro. Josh la acarició. Parecía como si sus manos y sus labios supieran exactamente qué tenían que hacer para sacarla de sí. Gritó débilmente en forma de protesta cuando Josh llegó a su parte más sensible, pero se alegró enormemente de que él la ignorara completamente. Su boca iba dejando una estela de calor por las partes de su cuerpo por las que pasaba.

—Completamente húmeda para mí —murmuró Josh levantando la cabeza.

Arrodillado entre sus piernas, agarró sus nalgas entre las manos. Sus ojos se fundieron con los de ella y la penetró con una lentitud agonizante, intensificando los temblores que recorrían el cuerpo de Flora. Su respiración se producía al compás de las suaves embestidas.

Josh sintió la deliciosa resistencia de su cuerpo cuando intentó avanzar en su interior.

—Cariño… —murmuró cuando sintió que ella enroscaba sus piernas en la espalda.

Flora no tenía ni idea de que el deseo podía ser así. Nada en su vida la había preparado para la intensidad de aquello. Sentía todos los nervios de su cuerpo esperando una gratificación que debía existir, pero que no sabía muy bien cómo sería. La idea de no estar a la altura de las circunstancias hizo que se enfureciera.

—Sí, oh, sí, quiero que me lo des todo, Josh… —gimió mientras le clavaba las uñas en los hombros y los antebrazos.

Josh respondió a su petición con fervor. Flora, encantada, comenzó a moverse al mismo ritmo que él y la intensidad empezó a hacerse más y más frenética, más y más desesperada. Gritó de placer cuando le llegó el momento, mordiéndole el cuello para no gritar.

—¡Oh, sí, cielo! —gimió cuando el último espasmo sacudió el cuerpo de Josh antes de que se desplomara intentando recobrar el aliento.

Su cuerpo, grande y sudado, cayó sobre el de Flora, quien lo recibió con gusto. Él se puso a un lado y ella siguió rodeándole una cadera con una pierna. Flora oía el corazón de Josh latiendo con fuerza. La situación era deliciosamente íntima, exactamente igual que el frenético acto que acababan de compartir.

—Nunca me había sentido así —le explicó con naturalidad—. Si me hubiera casado con Paul, tal vez, nunca lo habría conocido —añadió con los ojos como platos ante un descubrimiento tan horrible. Ahora que ya sabía lo que era un orgasmo, sabía exactamente lo que se había estado perdiendo—. Eso habría sido...

—Una pena —completó Josh con dulzura. Le pasó un mechón de pelo por detrás de la oreja antes de acariciarle con ternura la mejilla. Sus ojos reflejaban una dulzura extraordinaria.

Josh pensó que Paul la rata se tenía muy ganado el apodo. Antes de Bridie, había tenido varios encuentros sexuales esporádicos de los que no se sentía ni avergonzado ni orgulloso. Aunque habían sido encuentros en los que el amor no había tenido nada que ver, se había molestado en que su compañera obtuviera el mayor placer posible, así como él. Cuando se enamoró, quiso dar placer todavía con más ganas y no le gustaban los hombres que no compartían esa idea.

Su respuesta hizo que Flora se sonrojara. «¿Cómo te puedes sonrojar ante un hombre con el que has hecho lo que acabas de hacer?», se preguntó. Decidió que era de mal gusto hablar de otro amante en presencia del actual. No quería que Josh creyera que era de ese tipo de mujeres que iban por ahí contando los errores de los hombres con los que se acostaban. ¡Él no había cometido ninguno! Flora se dio cuenta de que no quería ni pensar en el día en el que Josh fuera su ex.

—¿Nunca has tenido un orgasmo? —insistió él con incredulidad. Ella intentó esconder la cara, pero Josh se la levantó con un dedo en la barbilla.

—Supongo que habré hecho algo mal... —contestó.

—Yo no he notado nada —dijo él con el ceño fruncido—. ¿Sabes lo que quiere decir eso? Que tienes todo el tiempo del mundo para corregirlo —añadió riendo—. No te preocupes, yo estoy dispuesto a echarle horas si tú quieres —dijo quitándole varias pajitas del pelo.

Flora sonrió. ¡Sí, claro que quería! A ella no le había parecido un encuentro esporádico, pero se alegraba de oírlo de sus propios labios.

—Por desgracia, me parece que ahora no es el mejor momento para empezar. Megan suele hacer té para merendar y si no voy, probablemente, vendrá a buscarme.

—¡Oh! —exclamó Flora mirando sus cuerpos desnudos y dándose cuenta de lo embarazoso que sería que los pillaran así. El hecho de haber hecho el amor por la tarde en un granero le parecía irreal a medida que iban pasando los segundos. Reflexionó y se dio cuenta de la agresividad con la que había hecho el amor con Josh, pero de la necesidad de perder el control, de rendirse ante él. Tal vez, había partes de su carácter que estaban emergiendo.

Josh se puso en pie ante su atenta mirada. Era tan guapo. Tal vez, la respuesta fuera más simple: ¡no había conocido a Josh Prentice antes!

Le llevó un buen rato vestirse porque él, que se había vestido a toda velocidad, la observaba sin perderse detalle.

—¿Quieres tomar el té con nosotros? A Megan le

encantará conocerte. Liam se acuerda de aquella señorita que olía tan mal, le caíste muy bien.

—¿A Liam?

—A los dos —sonrió—. Podríamos salir a cenar
mañana a algún sitio que te apetezca. Así podremos
hablar.

—¿Es una cita?

«Una cita, Dios mío, Josh, ¿qué estás haciendo?
¡Al diablo! Ya no hay marcha atrás».

—Sí, es una cita.

¡Había decidido no seguir adelante con todo aquello si no le explicaba primero la situación! El problema había sido que no se esperaba darse la vuelta y
encontrarse con aquellos ojos que le pedían que la
besara a gritos. Al instante, todas las explicaciones
que tenía preparadas se habían desvanecido. ¿Cómo
se hace para explicar a una mujer que ha querido se-
ducirla para vengarse? Velas, un ambiente romántico
y vino podrían ayudar, pero lo dudaba.

—Si quieres, puedo preparar yo una cena… Sería
más… íntimo —se ofreció ella. Le apetecía mucho
salir a cenar con él, pero le preocupaba el estado de
sus cuentas. No quería que se sintiera obligado—.
Claire dejó el frigorífico lleno de comida.

—Muy bien —contestó él pensando que sería mejor no estar en un local público cuando ella empezara
a lanzarle cosas a la cabeza.

Capítulo 5

ES instinto, ¿sabes?

Josh se tapó los ojos al salir del granero para que no le diera el sol. Apareció un desconocido, a quien el collie ladró.

—Buen chico —le dijo el intruso nervioso.

Josh llamó al animal chasqueando los dedos.

—¿Puedo ayudarlo en algo?

—No se acuerda usted de mí, ¿verdad? —preguntó el hombre con una sonrisa.

—Sí, sí que me acuerdo —lo contradijo Josh.

—Ha venido directamente a usted, como una paloma mensajera que vuelve al hogar, ¿verdad? —preguntó en un tono lascivo que hizo que Josh se molestara.

«¿Por qué no me habré traído la cámara?», se preguntó el periodista no dándose cuenta de los instintos asesinos que se habían apoderado de Josh. El reportero estaba seguro de que lo que hubiera pasado en el interior del granero habría merecido una grabación.

—No he perdido mi escrupuloso instinto —se felicitó a sí mismo.

—Tú no tienes escrúpulos —contestó Josh enfadado.

Tom Channing se rascó la barriga, que le rebosaba por encima del cinturón y sonrió.

—No hace falta que se ponga desagradable, señor Prentice. ¿Lo sabe ella?

—¿Pretendes pillarme por sorpresa?

—Eso significa que no lo sabe —sonrió el periodista triunfante—. Sabía que había visto su cara en algún sitio. Siempre me acuerdo de las caras. Recordé que era aquel artista que les gustaba a todos tanto. En cuanto tuve oportunidad, miré su biografía y descubrí lo de su mujer y que el cirujano que la atendió era sir David Graham. ¿Y sabe una cosa? Yo no creo en las coincidencias.

—Ya veo —contestó Josh lánguidamente.

—Usted también la iba siguiendo aquel día, ¿verdad?

—Si usted lo dice —contestó Josh invitándolo a continuar.

—No sé exactamente qué se trae entre manos, pero me puedo hacer una idea —comentó el periodista con una mueca que hizo que Josh se preguntara cuánto tiempo iba a aguantar sin reaccionar ante aquellas provocaciones—. ¿Se ha parado a pensar como sonaría su pequeña venganza? Sería algo así como «Yo me acosté con la hija del asesino de mi mujer». ¿Qué le parece?

—Demasiado para el periódico para el que usted trabaja. Es el *Clarion,* ¿no?

—¿Cómo lo sabe? —preguntó el periodista sorprendido—. ¿Socios? —preguntó encogiéndose de hombros.

Josh miró aquella mano y apretó los dientes. Tom Channing se dio cuenta de que aquel tipo no le iba a seguir el juego. Se le borró la sonrisa de la cara y se quedó sin palabras.

—Bueno, haga lo que quiera —continuó—. Lo voy a escribir con o sin su ayuda —le advirtió.

—Una cosa, ¿le gusta su trabajo?

Tom comenzó a sentirse un poco inseguro. Normalmente, sabía cómo reaccionaba la gente en ese tipo de situaciones, pero aquel hombre no estaba haciendo nada de lo que se esperaba. No parecía ni enfadado ni nervioso. No había reaccionado como lo hacían otros al darse cuenta de que él tenía la sartén por el mango.

—Desde luego que sí —contestó. La verdad era que con su trayectoria y los problemas que había tenido con la bebida, ningún otro periódico de tirada nacional lo contrataría. ¡Necesitaba una buena historia, necesitaba esa historia!

—Tuvo mucha suerte de que no lo echaran tras el desastre de Manchester, ¿verdad? Supongo que le sería de inestimable ayuda que el editor entonces fuera un amigo suyo de borrachera, pero ahora ya no lo es, ¿no? ¿Qué tal con la nueva directiva?

—¿Cómo sabe lo de Manchester? —preguntó con manos temblorosas mientras se quitaba el sudor de la frente con la manga.

—Usted no es el único que investiga sobre los demás y le aseguro que la mía fue más exhaustiva que la suya. Quería saber qué tipo de hombre se alegra de asustar a una mujer y lo descubrí.

—¡No la asusté! —protestó.

—Claro, como tampoco lo estaba su ex mujer la última vez que la mandó al hospital —el periodista se puso rojo—. Flora Graham nunca demostraría que está asustada.

—¡Mira quién fue a hablar de ética! —le espetó Tom Channing—. Estaba mucho más a salvo conmigo que con usted. ¡Mis motivos son mucho más puros que los suyos!

—Si no quiere perder su trabajo, olvide que ha conocido a Flora Graham —le avisó con los dientes apretados—. Olvide incluso su nombre. La única razón por la que quiere herirla es porque no está contaminada por el sórdido mundo en el que usted se mueve —continuó con voz suave y controlada, que asustó a Tom tanto como la furia que vio en sus ojos grises—. La odia porque no puede conseguir que se ponga a su nivel, simplemente porque es una buena persona.

—¡Vaya, pues sí que se ha enamorado de ella! —exclamó Tom escribiendo mentalmente los titulares. Aquello era todavía mejor. Josh apretó los puños y Tom se dio cuenta de que aquel tipo no era de los que fanfarroneaba, si quería poderle hacerle daño de verdad. Había llegado el momento de irse… ya tenía su historia.

—¿Lleva teléfono? —el periodista parpadeó ante aquella pregunta tan inesperada—. Claro que lleva. ¿Cúal es el número de su jefe?

—Eh, oiga, no va a conseguir nada hablando con Jack Baker. No le va a…

—No me refiero al nuevo editor sino al propietario, a David Macleod, el dueño de toda esa basura. Llámelo y dígale que quiere escribir esa historia y luego añada que Josh Prentice no está de acuerdo —

le dijo. Tal y como estaban las cosas, no le pareció mal un poco de chantaje. Haría mucho más por proteger a Flora.

—Menudo farol —comentó el periodista mirándolo incrédulo—. Es imposible que tenga usted tanto poder —continuó inseguro.

—Deberíais saber que el dinero mueve montañas y yo tengo mucho dinero —dijo Josh—. Además de buenos amigos. Una vez, David necesitó ayuda financiera y a mí me gusta ayudar a mis amigos... ¿Ve? Su biografía sobre mí no incluía importantes detalles, como que hice mi primer millón antes de cumplir veintiún años.

—¡Me está tomando el pelo! —exclamó Tom Channing pálido.

—Juéguesela, si quiere —contestó Josh encogiéndose de hombros—. A mí me da igual, pero le advierto una cosa. Si escribe una sola palabra negativa sobre Flora Graham, me encargaré de acabar con usted con mis propias manos.

Tom Channing lo creyó a pies juntillas. Parecía que la idea hacía plenamente a Josh Prentice.

—¿Qué pasa con la libertad de prensa...? —protestó.

—¡Y ahora viene usted con principios! Hace más de veinte años que no los tiene y los dos lo sabemos.Y no me diga eso de que «el público tiene derecho a saber» porque lo mato! —amenazó Josh—. Esto no es de interés nacional. ¡Se trata de un reporterucho de mala muerte que se inventa detalles escabrosos sobre una persona que nunca ha hecho daño a nadie! Como intente vender eso, me veré obligado a declarar que le vi agredir a la señorita Graham en un lugar apartado de la carretera.

—Pero si ni siquiera la toqué… —protestó el periodista viendo cómo su historia se iba a la basura.

—Sí la tocó y a ella no le gustó. Eso es suficiente para considerarlo agresión. No es usted el único que sabe contar la verdad a medias —admitió—. Su padre ha muerto, así que la historia ha muerto, también. Por su bien le aconsejo que deje de darle vueltas a esos titulares.

—No me hace falta darles vueltas, la realidad es mucho más asombrosa de lo que yo me hubiera podido inventar, amigo —comentó el periodista.

—Yo no soy tu amigo —contestó Josh.

Tom se dio cuenta de que había llegado el momento de retirarse todo lo dignamente que pudiera. Buscó desesperado un cigarrillo en el bolsillo de la camisa y su desasosiego aumentó al comprobar que no tenía. Se arremangó la camisa y se arrancó el parche de nicotina. Ya lo dejaría la semana siguiente.

—¡Oirá hablar de mí! —amenazó por encima del hombro.

Josh no se sintió intimidado lo más mínimo por aquella amenaza, pero sí le molestó que tuviera razón en otras cosas que había dicho aquel tipo. Volvió a la granja con expresión de seriedad.

Desde el mismo momento en el que entró y cerró la puerta tras de sí, supo que pasaba algo. Flora volvió al pequeño salón sin dirigirle la palabra. Se giró y le dio la espalda en señal de rechazo. Josh miró las flores que le había llevado seguro de que, después de la mirada que ella les había dedicado, se habrían marchitado. Pasó y dejó las flores y el champán en el aparador.

—¿Te puedes permitir el lujo de pagar ese tipo de cosas? —preguntó sarcástica mientras él la seguía al salón.

Le temblaron los dedos mientras cambiaba el agua de un bonito florero blanco y azul. Cuando pensaba en cómo la había engañado, le entraban ganas de romper algo… ¡preferiblemente de romperle a él algo!

Lo miró de reojo y se dijo que el negro le quedaba muy bien. Aquellos pantalones marcaban sus muslos musculosos. Si no hubiera descubierto que era un maldito mentiroso, probablemente ya estaría desabrochándole la camisa… cerró los ojos y tragó saliva con fuerza.

Josh cerró los ojos también. Sabía que se merecía lo que se le venía encima, aunque no sabía qué era, pero aquello no mejoraba la situación. Debía decir algo.

—Flora, quería habértelo dicho, pero…

—¿Te lo estabas pasando estupendamente riéndote de mí? —sugirió poniéndose en jarras.

Josh dudó que ella supiera lo sensual que estaba en aquella postura. Deseó tener con él el cuaderno de bocetos. Siempre que quería evadirse de algo dibujaba. Tras la muerte de Bridie había pintado hasta caer extenuado, luego había parado para asumirlo y no había vuelto a tocar los pinceles en mucho tiempo.

—Te debió de parecer tremendamente divertido que te aconsejara que te dedicaras a pintar. «¿Has pensado alguna vez en dedicarte a pintar?» —se caricaturizó a sí misma con crueldad. ¡Menos mal que no le había dado todos aquellos folletos de varias universidades de Bellas Artes que le había llevado! Le arrojó el artículo que había leído sobre él—. La verdad es que comparada con algunas de estas críticas, la mía se quedaba corta.

—¿Te has enterado de lo que hago? —preguntó sorprendido recogiendo del suelo una página en la que se veía uno de sus primeros cuadros. Lo arrugó y lo volvió a tirar.

Flora se cruzó de brazos con los dientes apretados.

—¿Por qué? ¿Qué otros secretos tienes? —preguntó levantando las manos—. Prefiero que no me lo digas. Ya sé demasiado sobre ti. ¡Eres un pobre mentiroso…! ¡Bueno, no tan pobre porque parece que tus cuadros valen una fortuna! —le espetó con tanta furia que sonó como si fuera el peor de los insultos.

Josh sonrió irónico.

—Así que lo que te ha molestado no es que me dedique a la pintura sino que no me esté muriendo de hambre en una buhardilla infestada de ratas.

«¿Cómo ha conseguido darle la vuelta para que parezca que soy yo la que está siendo una desconsiderada?», se preguntó maravillada. Josh no se podía ni imaginar lo estúpida y humillada que se había sentido cuando se había enterado de quién era y a qué se dedicaba. Todo aquello no había sido más que un juego para él. Se preguntó si habría tenido intención de contarle la verdad.

—¡Me importa un bledo que seas millonario! ¡Me alegro de que todo esto te parezca divertido! —gritó parpadeando para liberarse de las lágrimas de autocompasión que estaban a punto de brotar de sus ojos. Había decidido tratarlo con indiferencia, pero no podía, su intención se había esfumado en cuanto había oído el timbre—. Lo que no me parece bien es que… te rías de mí y me mientas.

—¿Te acostaste conmigo porque creías que era un decorador sin dinero? —preguntó enarcando una ceja—. ¿Tal vez solo te daba pena? —sugirió pensativo.

—Claro que no. ¡No, no y no a las dos cosas! —siseó molesta por que pudiera pensar una cosa así—. Lo hice porque… —¡No! Tal y como estaban las cosas era mejor no explicárselo. ¡Ya había pasado suficiente vergüenza! Para su alivio, él no insistió en ese tema.

—Entonces, ¿por qué te importa cómo me gane la vida? —preguntó con una lógica aplastante que enfureció a Flora.

—¡No es cómo te ganes la vida sino que te rías de los demás lo que te convierte en una rata de primera clase! —contestó con desdén—. Mientes muy bien y yo soy una idiota por creerte. ¿Siempre te haces pasar por otro cuando no estás en casa? ¿Así tus conquistas no saben cómo encontrarte cuando desapareces?

—Tú no eres una conquista —puntualizó observando lo guapa que estaba—. Si quieres seguirme, te haré un mapa para que no tengas ningún problema en encontrarme. O mejor aún: te llevaré yo mismo.

Flora se tranquilizó un poco. Parecía sincero, pero no quería que la volviera a engañar.

—Sabes tan bien como yo que llevaba mucho tiempo sin acostarme con nadie.

Flora sintió que el color abandonaba sus mejillas y tuvo que bajar los ojos.

—Yo no soy ninguna experta —admitió. Seguro que él ya se había dado cuenta a esas alturas.

—Pero lo sabes —le aseguró—. ¿Me concedes un minuto para explicarme? Si haces memoria, verás que yo nunca te dije que fuera decorador. ¿A que no?

—¡Pero tampoco lo negaste! —contestó Flora, para quien era lo mismo.

—Es cierto, pero, con el tiempo te habría dicho la verdad, pero Flora, me habías invitado a tu casa y cualquier excusa me parecía buena para estar contigo —contestó. Flora se dio cuenta de que estaba diciendo la verdad.

—¿Ah sí?

Josh asintió y sonrió débilmente.

—Entonces, yo no sabía que quería estar contigo —confesó.

—¿No? —preguntó furiosa—. De todas formas, ¿qué haces ordeñando vacas?

—Mi hermano está casado con Nia, la hermana de Geraint. Eso nos convierte en familia… más o menos. Vine a… visitarlos —concluyó. Flora estaba tan intrigada en cómo había acabado haciendo las tareas de la granja que no notó la extraña inflexión de su voz al contestar—. Huw, el padre de Geraint, se había roto la pierna y necesitaban a alguien que les echara una mano. Me ofrecí a quedarme y ayudarlos. Si no hubiera sido por ti… no me habría quedado tanto tiempo.

—¿Ah no? —preguntó orgullosa ante aquella revelación.

—¿Sigues enfadada conmigo? —preguntó con una sonrisa.

—Si crees que vas a conseguir algo con esa sonrisa…

—Hasta ahora, me ha funcionado.

—Y tanto. Como habrás visto, no soy tan fácil. Me ofrecí a que cenáramos aquí porque no quería que te gastaras el dinero saliendo a cenar y estaba segura de que tu orgullo se sentiría herido si yo pagaba.

—Lo sé —admitió con franqueza—. Me sentí muy mal por ello.

Flora asintió. Un poco tarde tanto remordimiento.

—No lo suficiente como para decirme la verdad —apuntó ácidamente—. Odio cocinar —añadió para que él se diera cuenta de la enormidad de su sacrificio—. He descongelado suficiente como para un regimiento. Y ahora todo se ha estropeado.

—A mí no me preocupa la cena.

—¿No tienes hambre? Con todos esos trabajos físicos que haces…

—La única actividad física que he realizado me ha dejado estupendo.

Si Flora hubiera tenido alguna duda de a lo que se estaba refiriendo, el brillo en sus ojos se lo habría aclarado.

—A mí, también —confesó.

—Yo hago una tortilla muy buena. Si quieres puedo hacer una, luego… —ofreció mirándola con un apetito desmesurado que hizo que ella sintiera un incendio por dentro.

—Bueno —contestó encogiéndose de hombros.

—¿Solo bueno?

Flora lo miró irritada.

—Bueno. La verdad es que no me gusta nada la tortilla —contestó preguntándose cómo no se había dado cuenta de que lo que ella quería era otra cosa.

—Sé hacer más cosas —se rio él.

Al imaginarse su extenso repertorio, Flora sintió un mariposeo en el estómago.

—Yo no sé hacer muchas —admitió ella. Ambos sabían que no se estaba refiriendo a sus dotes culinarias.

Recordó las palabras de Paul. Estaban minando su autoestima. ¿Por qué creía que podía satisfacer a un hombre como Josh? Tal vez, Paul tuviera razón… ¡Tal vez fuera frígida! No se había sentido como tal en sus brazos ni se había comportado como si lo fuera, la verdad. Al recordar su comportamiento, se sonrojó. Flora no lo miró, pero notó su mirada.

Al instante, él la obligó a levantar la cara.

—No anoto en una libreta quién gana, Flora.

—Lo siento —se disculpó avergonzada. Sacudió la cabeza y al hacerlo echó de menos el pelo largo, que siempre le había servido para ocultarse—. Normalmente, no estoy tan necesitada.

—Yo, tampoco —contestó él.

Flora abrió los ojos como platos.

—¡Ah! —dijo sorprendida.

—No puedes pretender tener siempre la situación bajo control.

—Ya. Sí, lo hago. Tal vez sea porque no me fío… —se dio cuenta de lo que acababa de decir—. No quería decir que no me fíe de ti. Es por mí, no me fío de mí misma, de lo que siento. La gente comete locuras cuando se deja arrastrar… la lujuria se les va de las manos…

—Lujuria. Supongo que esto es todo un progreso —murmuró.

Flora se asombró ante la chispa de enfado que vio en los ojos de Josh.

—Mira lo que hemos hecho esta tarde… —dijo preocupada.

—Es exactamente lo que estoy haciendo.

—¡Qué gracioso eres! Me muero de risa. ¿No te has dado cuenta de que no hemos utilizado…? Bueno, yo no estoy tomando la píldora, ¿sabes?… la píldora anticonceptiva, digo. No creo que pase nada —añadió con el ceño fruncido—. Bueno, eso no es lo importante…

—Sí, sí es lo importante —la contradijo—. ¿Te estás refiriendo a quedarte embarazada?

Flora asintió incómoda.

—No estoy preparada para quedarme embarazada.

—Yo no quiero que te quedes embarazada… nunca —gruñó. Su negativa no debería haberla herido. Era normal que un hombre no quisiera un hijo de una relación esporádica. Sin embargo, le dolió.

—No he sido solo yo la que ha metido la pata y no ha tomado precauciones —le recordó.

—Lo sé. Yo nunca expondría a alguien que me importa a ningún tipo de riesgo… Ha sido un delito por mi parte —dijo pasándose los dedos por el pelo—. Supongo que me aproveché de que acabas de pasar una época terrible y estabas pidiendo cariño a gritos…

—No soy una cría, Josh. Sé lo que hago —le contradijo con decisión—. Quería hacer lo que hice. De hecho, quise hacerlo desde la primera vez que te vi, así que no tuvo nada que ver con estar pasándolo mal o no. Así que, si no te importa, vamos a dejar mis traumas a un lado —de repente, se dio cuenta de que la mujer de Josh había muerto en el parto y todo cobró sentido. Pobre Josh, eran sus traumas de los que estaban hablando, en realidad—. Josh, cruzar la carretera es un riesgo calculado —le dijo agarrándolo de la mano—. Sé que las estadísticas no tienen sentido cuando alguien al que quieres ha sido la excepción, pero dar a luz no es peligroso hoy en día —lo tranquilizó—. ¿Has dicho que yo te importaba?

Josh estaba asombrado. Tal vez fuera por aquella pregunta tan repentina o por la igual de repentina confesión de que lo había deseado desde la primera vez que lo había visto.

—Si fuera así, ¿pensarías que voy demasiado rápido? —dijo a la defensiva. ¿Estaba de broma? Flora tragó saliva entusiasmada y negó con la cabeza—. Entonces, lo admito. Me importas. Me importas demasiado como para satisfacer las necesidades de tu reloj biológico. Quiero que te quede una cosa clara: si quieres hijos, yo no soy el hombre indicado —le advirtió—. Yo ya tengo uno y tú no… podrías pensar que es injusto —continuó encogiéndose de hombros—. Y, probablemente, lo sea, pero eso es lo que hay. Cuando murió Bridie quise echarle la culpa a alguien, a cualquiera —tomó aire para seguir con la explicación—. Me ha costado mucho, pero finalmente he aceptado que nadie podría haberlo evitado. El factor suerte que tú has mencionado, solo pone las cosas peor. No quiero volver a pasar por lo mismo. Lo tomas o lo dejas.

En otras palabras: ¡quedarse con él o dejarlo! Lo tenía muy claro, aunque también sabía que tener hijos con él sería maravilloso.

Hijos, relaciones… ¡Cuántas cosas de una tarde de sexo en un granero! Había asumido automáticamente que sus sentimientos hacia ella eran menos intensos que los suyos hacia él. ¡Y se había equivocado! No se lo podía creer. Estaba tan confusa que le costaba seguir lo que le estaba confesando.

—He visto parejas que no pueden tener hijos y he visto cómo la obsesión por tenerlos les hace distanciarse. Supongo que el hecho de no poder tener un hijo aunque tu pareja sí pueda, podría ser mucho peor.

—Josh… ¿te refieres a que nos ves juntos en una relación duradera?

—Vaya, si no fuera así, ¿por qué te iba a estar diciendo todo esto? Solo quiero que sepas dónde te estás metiendo.

—En tu cama, espero —contestó ella sonriendo.

—Quiero que lo entiendas bien. No creas que me vas a hacer cambiar de opinión. Mi condición no es negociable.

—De acuerdo. Si no pudieras tener hijos, me daría igual —contestó Flora—. ¿No te habrás…?

—¿Esterilizado? No, es que me daba un poco de grima…

—No pasa nada —contestó Flora intentando disimular su alivio—. Hay otras formas menos drásticas de no ser padre.

Flora estaba segura de que cuando él estuviera completamente restablecido de su dolor, se olvidaría de su decisión de no volver a ser padre. En aquellos momentos, lo único que importaba era que Josh la quería y que podían estar juntos. El optimismo le rebosaba el corazón.

—Y, ya lo sé, pero estoy abierto a todo tipo de sugerencias.

—Bueno, sí —respondió Flora intentando mantenerse igual de relajada que él cuando hablaban de temas íntimos.

Con los pulgares en su mandíbula, Josh acercó la cabeza y le rozó la nariz con la suya. Flora se sintió mareada al sentir su aliento en la piel y su cuerpo reaccionó ante su cercanía.

—Te necesito, Flora. Necesito que me beses —le pidió con la respiración entrecortada—. Necesito sentir tus manos en mi cuerpo, necesito sentir tu cuerpo sobre el mío, necesito más que nada sentirme dentro de ti... —continuó haciendo que ella sintiera una sensación húmeda entre las piernas al tiempo que él gemía y se le tensaban los bellos rasgos de su cara—. ¿Te parezco lo suficientemente necesitado?

—Sí, definitivamente, sí —contestó mirándolo detenidamente antes de pasarle las manos por detrás del cuello—. Yo también me muero por besarte —confesó.

—Yo soy partidario de que hay que dejarse llevar por los instintos, ángel. ¿Qué significa esa sonrisa misteriosa?

—Nada de misterios —le aseguró ella—. Lo que pasa es que estaba pensando que no me siento precisamente angelical ahora mismo —contestó sintiendo que su cuerpo hervía de deseo por él. Estaba empapada. Deseaba más que Josh le hiciera el amor a tener hijos.

Le metió los dedos entre el pelo y se dispuso a dejar terminada la parte de los besos, algo a lo que él contribuyó encantado. Para cuando terminaron, Flora sentía todos los nervios de su cuerpo revolucionados y las hormonas en pie de guerra.

—¡Dios mío! —exclamó—. Qué bien besas —añadió cerrando los ojos porque si continuaba mirándolo se iba a marear.

—Tú lo haces todo bien —comentó él mirando con deseo sus párpados.

Flora se sintió en las nubes cuando él la levantó. Aquel hombre tenía un cuerpo sorprendentemente fuerte. Flora pensó que era sorprendente en muchos sentidos mientras se aferraba a su cuello.

—Me parece que esta vez vamos a hacerlo bien, en la cama. ¿Es por aquí?

—Yo creo que la última vez lo hiciste muy bien.

—Sí —contestó sin modestia—, pero todavía tengo pajitas en sitios insospechados y no es nada cómodo. Aunque volvería a hacerlo, la verdad…

Flora asintió porque ella opinaba lo mismo.

—Siento decirte que tu plan tiene un fallo —comentó cuando llegaron a las escaleras—. Me encanta este medio de transporte, pero no creo que sea muy práctico.

—Demasiado estrecha, ¿no?

—Me temo que sí.

Josh la dejó en el suelo.

—He intentado ser espontáneo —comentó él pasando la mano por su vestido para quitarle las arrugas—. Bueno, en realidad no es verdad. Llevaba todo el día pensando en esta escena. Luego, se suponía que iba a abrir la puerta de una patada y te lanzaría sobre la cama —confesó visiblemente encantado ante la idea.

—Suena estupendamente. No está todo perdido —le dijo solemnemente—. ¿Qué te parece si subo las escaleras por mi propio pie y hacemos como que las he subido en tus brazos? —le preguntó con los ojos haciéndole chiribitas.

—Me encanta… veo que tenemos telepatía.

—¡Pues vamos! —exclamó encantada sin ninguna intención de perder más tiempo. Se agarró la falda larga que llevaba y subió los escalones de dos en dos, casi volando. Cuando Josh llegó arriba, ella lo estaba esperando con los brazos abiertos.

—¿A qué estás esperando? —le preguntó impaciente.

Josh se rio encantado.

—¿A despertarme?

—¿De una pesadilla?

—De un sueño, ángel, del mejor sueño del mundo —le contestó sinceramente. Y estaba dispuesto a hacer lo que fuera, incluso a mentir, para mantener vivo aquel sueño.

Capítulo 6

TODAVÍA me sabe a él?», se preguntó Flora pasándose la punta de la lengua por los labios. Tomó aire y aspiró el aroma de su propia piel, una erótica mezcla de sexo y Josh.

Abrió los ojos y descubrió que había anochecido. Todos los músculos de su cuerpo estaban completamente relajados después de la tensión a la que habían estado sometidos hasta hacía unos momentos. Suspiró con placer al recordar lo que acababan de vivir. Habían hecho el amor de una forma que le había producido tanto placer que creyó que no sería capaz de soportarlo.

En un momento dado, decidió que quería volverlo a él también un poco loco y le fue diciendo lo que quería hacerle. Josh se dejó hacer cosas que Flora se hubiera avergonzado de recordar si no fuera porque, a aquellas alturas, ya había perdido toda vergüenza. Josh era el único hombre con el que no tenía prejuicios en hacer ciertas cosas.

Recordó su cara cuando había agarrado entre sus manos su parte más íntima y lo había acariciado.

—Me gustaría poder quedarme a dormir —murmuró Josh a su lado acariciándole la punta de la nariz.

Flora se giró, se tumbó boca abajo y se apoyó en los codos. Él siguió paso a paso los movimientos de sus pechos en la nueva postura.

—¿Te tienes que ir ya? —preguntó ella a punto de hacer pucheros.

Aquella no era ella. Con solo mirar aquel cuerpo escultural se volvía loca y se le pasaban por la imaginación solo fantasías sexuales.

—No me gustaría que Liam se despertara y yo no estuviera allí.

—Claro —contestó Flora molesta. Al instante, se arrepintió de mostrarse tan dependiente de él—. Entiendo que Liam vaya primero.

Se tumbó de espaldas, arrimó las rodillas al pecho y se sentó. Josh no parecía de esos hombres a los que les gustaba tener a su pareja todo el día colgada del cuello. Flora echó los hombros hacia atrás y actuó como la menos dependiente de las mujeres.

—¿Qué? —preguntó Josh con una ceja enarcada—. ¿No te vas a disculpar por haberme retenido más de la cuenta? ¿Es que querías engañarme?

Sorprendida, se dio cuenta de que la estaba tomando el pelo. Nunca nadie le había dicho que era tan transparente. ¿Es que acaso le leía el pensamiento?

Flora ya tenía un pie en el suelo, pero lo volvió a subir a la cama y, justo en ese momento, él lo agarró, lo miró y se lo llevó a la boca sin dejar de mirarla a la cara, observando sus reacciones.

—Eres preciosa, de la cabeza a los pies, literalmente —apuntó él.

Sus palabras fueron como una caricia. Flora se estremeció y se asustó ante el deseo tan fuerte que despertaba en ella. Obedeció a sus movimientos y se dejó arrastrar por el colchón hasta ponerse sobre el regazo de Josh, con una pierna a cada lado de su cintura.

—Creí que había ido demasiado…

Josh le puso un dedo en los labios para silenciarla.

—Sé lo que creías, pero no te molestes en hacer como que pasas. Yo no me siento precisamente así…

—¡No me digas!

—Ya ves —dijo arrojante—. Soy un tipo muy exigente. Te advierto que no paso en absoluto.

—Eso es…

Josh se puso nervioso ante su silencio.

—¿El mejor chiste que has oído en años? ¿Te da que pensar? ¿Te da miedo? ¿Qué? —Flora se sorprendió de ver que Josh no se mostraba tan seguro como de costumbre.

—Eres casi tan creído como creía —contestó ella pasándole un dedo por el entrecejo—. Me tienes loca, bobo —¡debía de estar ciego para no haberse dado cuenta!—. No sabía que estuviera mostrándome tan sutil.

Las cosas estaban yendo demasiado deprisa y, a pesar de la sorprendente confesión de Josh sobre sus sentimientos, a Flora le parecía precipitado hablar de amor.

—Pues tú no eres en absoluto como yo creía que eras —dijo él besándola firmemente y agarrándole la cara entre las manos—. De hecho, no podía haber estado más equivocado —añadió negando con la cabeza.

Flora se puso de rodillas, se agarró al cabecero de la cama y apretó sus pechos contra su torso hasta prácticamente dejarlo sin respiración.

—Supongo que creerías que tenía inclinaciones criminales —reflexionó recordando cómo se habían conocido—. No suelo ir por ahí deshinchando ruedas —le aseguró—. De verdad —Flora vio algo en sus ojos que le hizo comprender que no se refería a eso. Claro, sabía quién era. ¿Por qué no? Seguro que la había visto antes, como media humanidad. Su cara y su nombre habían aparecido en las televisiones y los periódicos de medio país—. Sabías lo de mi padre —afirmó sentándose sobre los talones. ¿Cómo había tardado tanto tiempo en darse cuenta?

—Sí, Flora, lo sabía.

—Eso no dice mucho a tu favor en cuanto a gustos literarios —bromeó—. ¿Por qué no me lo habías dicho? —preguntó confundida—. Lo siento, a veces se me olvida que todavía hay gente que tiene un mínimo de delicadeza. Qué triste, ¿verdad? Me he tenido que acostumbrar a que mi vida y mi persona fuera de interés público, así que, cuando alguien demuestra un poco de consideración, me confunde.

—Yo no lo he hecho por consideración, Flora —confesó él tan bruscamente que ella dejó de acariciarle la cara—. Te juzgué tan duramente como todos los demás… probablemente, más. Ten cuidado, no me pongas en un pedestal que no me merezco.

Aquella advertencia la hizo estremecerse.

—Prefiero ponerte en mi cama —bromeó, pero él no se rio.

—La única diferencia entre ellos y yo es que yo he conocido a la verdadera Flora.

—No te tortures con eso, Josh —le pidió—. Todos nos creemos mentiras crueles sobre otros, verdades a medias que leemos en los periódicos. Yo, también.

—Qué Dios te proteja, ángel, porque creo que me estoy enamorando de la verdadera Flora —afirmó Josh observando su preciosa cara.

—¿De verdad? —preguntó ella pálida. No parecía que lo estuviera diciendo de broma, pero tampoco parecía inmensamente feliz.

—Nada es cien por cien seguro en la vida. No me atrevería a apostar contra los obstáculos con los que nos vamos a encontrar —continuó sin alterar la expresión de su cara.

—No creo que los obstáculos tengan importancia, lo que me sorprende a mí misma porque no he sido nunca lo que se dice una mujer intrépida, soy más bien de ir a lo seguro, pero estoy dispuesta a intentar que esto funcione, Josh, incluso si tuviéramos a todos y a todo en contra de nosotros —afirmó con decisión.

«¡He tardado mucho en entregarle mi corazón a alguien, así que ahora voy a ir por todas!», se confesó a sí misma. Aquello la dejó abatida en parte, pero, por otra, se sintió inmensamente liberada.

—Pareces muy fuerte —apuntó él tras escuchar su apasionada confesión.

—En realidad, soy débil —admitió sinceramente observando los maravillosos y lujuriosos músculos de su cuerpo.

—Una mujer débil y viciosa… me gusta.

—Te voy a decir lo que quiero hacer —murmuró.

—¿Qué quieres hacer?

—Lo que tú quieras —contestó lánguidamente

cerrando los ojos a medida que iba sintiendo la excitación por todo el cuerpo.

—Dios mío, Flora… —dijo él con voz temblorosa agarrándole la cabeza. Ella sonrió cuando él se aproximó a su cara—. ¿Tienes la más remota idea de lo que me haces?

—Tal y como estoy sentada es muy difícil no saberlo —contestó inocentemente.

Josh se rio, pero sus ojos no reflejaban risas sino un deseo brutal. La sexualidad de aquella mirada hizo que a Flora se le borrara la sonrisa de la cara. Se pasó la lengua por los labios, que se le habían quedado secos.

Josh, que tenía las manos en la cintura de Flora, la hizo ponerse de rodillas y la volvió a bajar, sin dejar de mirarla a los ojos ni un momento. Cerró los ojos y echó la cabeza hacia atrás. No podía pensar en nada. Su erección se hizo todavía más intensa mientras se abría paso para adentrarse en el caliente y húmedo cuerpo.

—¿Me deseas…?

Flora emitió un gemido. No podía hablar. ¡Ni siquiera podía respirar! Lo único que hacía era sentir. Todos los átomos de su cuerpo estaban concentrados en la increíble sensación de fundirse con él.

Cada movimiento de su cuerpo hacía que Flora se derritiera por dentro y que sus terminaciones nerviosas agonizaran por el final que tanto anhelaban. Flora presionó los músculos de los hombros de Josh y apoyó la frente en su cabeza. Lo tenía tan cerca que no lo veía con nitidez y su respiración era tan entrecortada como la suya, ambas se fundieron, se hicieron una.

En el momento final, él gritó su nombre, y Flora

sintió el cuerpo flácido. Josh la dejó caer de lado sobre la cama.

Apoyado en un brazo, observó el subir y bajar de sus pequeños pechos y le pasó un dedo delicadamente por el valle que se formaba entre ellos. Flora abrió los ojos. Nunca se había imaginado que hacer el amor podía hacer que una persona tuviera ganas de llorar. Era la sensación más intensa que había experimentado en su vida.

—Sé que te tienes que ir.

—Sí —admitió él—. Pero todavía, no. Quiero mirarte y abrazarte.

La ternura de su cara hizo que las lágrimas estuvieran a punto de brotar de sus ojos.

—Creía que los hombres no hacían ese tipo de cosas —bromeó Flora.

—Depende del hombre… y de la mujer con la que esté. Pensándolo bien —continuó agarrando las sábanas y tapándola un poco—, me parece que estaría bien empezar de nuevo… me refiero a cuando lo interrumpimos… —añadió antes su cara de sorpresa.

—Me alegro de que me encuentres tan irresistible, pero no creo que fuera seguro. A no ser que seas supermán, claro.

—Ya te lo demostraré en otra ocasión.

—Cuando quieras —añadió ella complacida.

—Soy un hombre modesto así que no voy a alardear de ese tipo de cosas —contestó él ignorando su risa—. Pero, si vamos a hablar de resistencia…

—Estoy segura de que tu resistencia es impresionante… para un hombre de tu edad —añadió escondiendo la cabeza entre las sábanas.

En la lucha que se produjo a continuación, Flora perdió irremediablemente, pero eso no impidió que se lo pasara en grande. Nunca había creído que hacer el amor y reírse fueran compatibles.

—Desde luego, debería darte vergüenza aprovecharte de que tengo cosquillas —protestó apartándose el pelo de la cara.

Observó sus piernas, completamente enredadas con las de él. A pesar de que ella tenía un cuerpo atlético, a su lado, parecía delicada. Su piel era más blanca de lo normal al lado de la suya, que era más oscura. Tantos contrastes la excitaron, a pesar de la extenuación.

—Soy un hombre sin escrúpulos, Flora —Josh ya no sonreía y Flora se quedó un poco confundida. Lo había dicho de una forma rara—. Bueno, me voy a tener que ir —dijo girándose y levantándose de la cama.

Flora asintió y lo observó deambular por la habitación recogiendo su ropa. ¡Qué guapo era! No sabía qué le había pasado, por qué había cambiado de humor, pero algo había sido.

—Espero que no tengas que madrugar para ordeñar las vacas —dijo Flora.

Josh se abrochó el último botón de la camisa.

—No, me toca por la tarde. Además, me parece que va a ser la última vez que lo haga porque a Huw le van a quitar la escayola. Le prometí a Liam que le llevaría de excursión mañana por la mañana, a la playa, así que supongo que comeremos emparedados de arena. ¿Te quieres venir?

—Los emparedados de arena son mis preferidos —contestó con la esperanza de que su tono despreocupado no fuera que no le importaba si iba o no.

Josh asintió y no pareció indiferente ante su contestación. Flora se contentó con eso. No quería volverse paranoica cada vez que no entendiera su estado de humor. Josh era un hombre muy complicado, a veces, bueno y, a veces, frustrante. Ser su amante no le requería un gran esfuerzo porque era fácil quererlo y dejarse querer por él. Lo que le parecía un objetivo más difícil era ser amigos, algo que deseaba de todo corazón. Quería una amistad duradera. De momento, se concentró en lo que le había dicho. Le había dicho que se estaba enamorando de ella. Eso era lo importante.

—Te pasaré a buscar a las once —dijo dándole un fuerte beso.

Flora solo se metió en el agua hasta los tobillos y aquello le bastó porque estaba helada. Sin embargo, no dudó en correr por toda la playa tras el niño de tres años, que no paraba. La playa estaba prácticamente vacía. Solo había un par de personas paseando a los perros o corriendo.

—¿Te lo estás pasando bien? —dijo Josh agarrándola del brazo y girándola—. ¿O es que el sol del Caribe te ha vuelto loca?

Lo único que la volvía loca era él.

—El sol del Caribe tiene su punto, pero no cambiaría estar aquí contigo y con Liam por un hotel de cinco estrellas y un cóctel tropical —dijo sonrojándose—. A lo mejor es que soy una rara…

—No, eres una… ¡Dios mío! —se interrumpió justo en el momento crucial. Liam directo al mar—. ¡No le puedes quitar el ojo de encima ni un segundo! —gritó corriendo hacia él.

Para cuando Flora llegó a la orilla, Josh y el niño ya estaban saliendo del agua.

—Se ha tirado de cabeza —le dijo Josh entre risas y horror sujetando a su hijo, que parecía muy dispuesto a repetir la experiencia—. No tiene miedo a nada —dijo muy orgulloso.

Flora se rio.

—Vaya, me alegro de que te haga gracia —comentó molesto.

—Bueno, es que estabas muy gracioso. Además, no ha pasado nada.

—Gracias —contestó él mirándose los pantalones—. Eso de que no ha pasado nada... No creo que mis pantalones se vayan a arreglar.

—Y, claro, eso te preocupa. Me parece que no le das demasiado importancia a la ropa —bromeó pensando que no hacía falta porque todo le quedaba bien.

—¿Ya empezamos? ¿Por qué no puedo preferir la comodidad a la moda?

—¿Qué? —dijo quitándose la chaqueta y arropando al niño. La brisa hizo que se estremeciera al penetrar por la fina camiseta que llevaba.

—Quieres disfrazarme, ponerme presentable para cuando conozca a los estirados de tus amigos —bromeó Josh.

—¡Uy! Eso iba a requerir más que un traje —contestó mirándolo—. Sí, mucho más que un traje.

La verdad es que se le ocurrían unas cuantas mujeres que se caerían de espaldas si lo vieran en esos momentos, con el pelo moreno mojado y esos pantalones marcando los músculos de los muslos. ¡Muchas mujeres!

—Boba —dijo Josh mientras se alejaban de la orilla.

No fue fácil porque el niño se revolvía. Flora se

dio cuenta de que no estaba muy en forma y se arrepintió de no haber ido al gimnasio más a menudo.

—Creo que tendremos que hacer que vas de genio por la vida. Ya sabes que, si eres un genio, te puedes permitir muchos lujos, incluso el de no afeitarte, pero supongo que todo eso ya lo sabes tú.

Josh dejó al niño en la arena.

—En realidad, me he afeitado esta mañana, pero por la tarde siempre parece que no.

—Ya me he dado cuenta —confesó Flora sintiendo mariposas en el estómago al recordar cómo pinchaba cuando la besaba.

—¿Y si me dejo barba…? —sugirió inocente.

—Mejor que no, por lo menos, si quieres seguir saliendo conmigo —bromeó ella—. Hasta ahí podíamos llegar.

—Frívola —suspiró.

—No me molesta especialmente el pelo de la cara, pero ¿qué te parecería a ti que dejara de afeitarme las piernas?

—Peligroso, podría herirme.

—¡Qué gracioso! —comentó. Por suerte, el niño los distrajo antes de que la discusión se hiciera todavía más tonta.

—¡Nadar! —gritó el niño levantando el mentón.

—Ahora no, Liam.

—¡Nadar… nadar! —exclamó pataleando en la arena.

Josh ignoró el numerito como alguien que ya está acostumbrado a ver cosas parecidas y lo agarró en brazos para conducirlo al 4X4 que estaba aparcado junto al césped.

—Hacer la compra es una bendición comparado con el momento de la rabieta. Espero que sea solo una etapa porque no quiero ni imaginarme a un adolescente de quince años tirado en el suelo morado de patalear por no querer hacer los deberes.

—Claro que no. Los adolescentes tienen maneras mucho más crueles de castigar a sus padres.

—¡Qué bien! Muchas gracias por consolarme, Flora —dijo Josh colocando al niño en el asiento trasero—. ¿Te importaría pasarme la bolsa de la ropa?

Entre los dos consiguieron quitarle al niño la ropa mojada y ponerle la seca.

—Es una pena que no me haya traído ropa seca para mí.

—Pues sí —contestó Flora distraída—. No me habría importado desvestirte en el asiento de atrás.

—Me gusta esa idea —contestó Josh.

—Menos mal porque, si no, me iría.

—Eso sería si yo te dejo —contestó él mirándola a los ojos.

A Flora se le aceleró el pulso y tragó saliva con dificultad. No podía comprender cómo era posible que pasaran de la calma más absoluta al deseo sexual más tormentoso en una milésima de segundos. Tuvo que hacer un gran esfuerzo para controlar la respiración.

—¿Y cómo lo harías?

—Bueno, se me ocurren un par de cosas.

—¿No sería mejor que lleváramos a Liam a casa? Es tarde —contestó ella.

—Cobarde —comentó Josh con dulzura.

Liam apoyó la cabeza en el pecho de su padre y se quedó dormido.

—No puede ni abrir los ojos —dijo Flora.

—Pero lo intentará. Es obstinado como una mula. Cuando era un bebé, había veces que tenía que montarlo en el coche y darle vueltas para que se quedara dormido —dijo encogiéndose de hombros.

—Vaya, ¿a quién habrá salido? —dijo Flora. De pronto, recordó que ella nunca sabría cómo sería un hijo de ambos. Intentó ignorar la nube negra que se apoderó de su corazón. Decidida a no estropear lo que había sido un día perfecto, decidió concentrarse en lo que sí tenía y no en lo que carecía—. ¿Tu hermano también es cabezota? —preguntó curiosa mientras se subían en el asiento delantero.

—¿Jake? Depende de a quién le preguntes. Cuando él y Nia se pelean saltan chispas.

—Pero, ¿se llevan bien…? —preguntó frunciendo el ceño—. Quiero decir, ¿son felices?

—¿Tú tienes los ojos azules? —respondió cortante—. He estado pensando que tal vez me haya aprovechado de la hospitalidad de la familia de Nia… —añadió. Se hizo el más absoluto de los silencios.

Flora se tensó. No era que Josh hubiera dicho nada del otro mundo, pero la forma en la que lo había dicho le hizo pensar que quería llegar a alguna parte. Algo así como «Ha sido estupendo conocerte, pero…» Negó furiosa con la cabeza. ¿Por qué se mostraba tan insegura? Enamorarse era como jugar a la ruleta rusa y ella nunca había entendido a la gente que se la jugaba de aquella manera.

—No creo… —contestó en voz baja—. Parece que te tratan como a un hijo —añadió. Al suponer lo que le iba a decir a continuación, se sintió incómoda.

Sabía que, inevitablemente, ambos tenían que volver a su vida normal. Lo que habían vivido juntos se parecía a un romance de verano. Tal vez, se encontraran con que sus estilos de vida eran completamente incompatibles. ¿Tal vez Josh se estaba arrepintiendo? Flora intentó calmarse, pero no lo consiguió.

—Bueno, eso es porque soy el hermano de Jake y, como él y Nia les han hecho abuelos…

—A lo mejor les gustas por ti mismo —contestó ella irritada por su falsa modestia y molesta porque no sabía dónde les estaba llevando aquella conversación.

—¿Como tú?

—No —contestó negando con la cabeza—. ¡Para nada!

Josh pensó en ello mientras se hacía a un lado de la carretera para dejar pasar a otro coche. La miró de reojo.

—¿Eso quiere decir que no te gusto?

¡Cómo si no lo supiera! Flora lo miró con las mejillas sonrojadas.

—Creía que había quedado muy claro que me gustas más de lo que deberías… ¡lo que no quiere decir que no te quiera estrangular a veces!

Josh parecía contento con la respuesta.

—He decidido vender… mi casa, en la que vivimos Liam y yo —anunció de repente.

—¡Ah! —exclamó Flora. Aquello era lo último que se esperaba.

—Cuando Bridie y yo la compramos no teníamos ni idea de la cantidad de espacio que necesitan los niños —le explicó. En realidad, la falta de espacio no tenía nada que ver en aquel gesto, que no le pasó desapercibido a Flora.

—Supongo que esa casa tendrá muchos recuerdos…

Josh no lo negó.

—Buenos y malos. Sabía que debía mudarme desde hacía un tiempo, pero no encontraba el momento.

Flora se preguntó si no estaría haciéndose falsas ilusiones. A veces, se dejaba llevar demasiado aprisa por el optimismo.

—¿Y ahora lo es? —preguntó con cautela.

—Nunca olvidaré a Bridie, pero ahora sé que no la estoy traicionando ni a ella ni a lo que compartimos si sigo con mi vida. Creo que ha llegado el momento de mirar hacia el futuro. ¡No me puedo creer que acabe de decir semejante tópico!

—Si te sirve de consuelo, ese tópico me ha hecho llorar —contestó ella enjugándose con la manga porque no tenía pañuelo.

—Lo que intento decirte es que me gustaría que tú formaras parte de ese futuro.

—Con la condición de que no rompa las normas y me ponga pesada —contestó ella. Lo miró y vio que, de repente, a él se le había cambiado la cara, pero se echó la culpa por haber hecho ese comentario y haber roto la magia del momento.

—Lo siento, Flora, pero así es como me siento.

No quería tener hijos inmediatamente, pero le parecía una tontería borrar la posibilidad del mapa de un plumazo. La intolerancia de Josh ante ese tema le daba ganas de gritar y patalear, pero no lo hizo.

—Era para estar segura.

—He estado mirando casas. Tal vez, cuando te hayas hecho a la idea…

—Josh, ¿me estás pidiendo que me vaya a vivir contigo?

—No… por ahora, no. No sé si te has dado cuenta de que somos dos…

Flora se giró y sonrió al ver al pequeño que dormía en el asiento trasero.

—Me había dado cuenta.

—Creo que deberías pensártelo bien.

—¿Qué te pasa? —le preguntó acalorada—. Dices algo bonito y, de repente, lo estropeas. «Flora, me estoy enamorando de ti, pero, si quieres tener hijos, será mejor que te busques a otro» o «Flora, vente a vivir conmigo, pero creo que tienes la madurez suficiente como para aceptar a mi hijo». Es como si estuvieras buscando un obstáculo para que esto no funcione —lo acusó.

—Puede ser —admitió—. Creo que no soy lo suficientemente bueno para ti.

—¡Venga! —se burló ella—. No intentes hacerte el modesto porque eres arrogante de los pies a la cabeza. Sabes muy bien lo que vales. Muy bien, vamos a dejar las cosas claras. ¿Estás enamorado de mí y quieres que viva contigo?

—¡Guau! Seguro que el fiscal tiembla cuando tiene que enfrentarse a ti en los juicios.

—Josh, no me hagas la pelota.

—¡De acuerdo! La respuesta es sí a ambas preguntas. ¿Y tú no tienes nada que confesar?

—Sí a ambas preguntas —contestó nerviosa—. ¿Contento?

—Sí.

Capítulo 7

NO sé exactamente dónde estará, Flora, pero dijo que iba hacia el lago. Si tomas el camino del bosque, llegarás directamente a la orilla oeste, pero ponte un abrigo —dijo Megan Jones tocándole el brazo—. ¿Has venido hasta aquí solo con esto? —le preguntó viendo que solo llevaba una fina camiseta de algodón—. Vas a pillar una pulmonía. Ven a calentarte junto al fuego —le indicó. La joven no dijo nada, pero la obedeció—. Siéntate —le indicó preguntándose qué habría sido de la animada criatura de la que Josh le había hablado—. Me ofrecí a cuidar de Liam un par de horas —le explicó mientras Flora se sentaba en una butaca. Megan sonrió maternal al niño que estaba sentado en una mesita coloreando un perro. El niño las miró y sonrió encantado al ver a Flora. El parecido con su padre le dolió en el corazón—. Es un buen chico, ¿verdad, cariño? —preguntó Megan cariñosamente.

Miró a Flora y se le borró la sonrisa de la cara. A la joven no le había dado tiempo de girar la cabeza lo suficientemente deprisa como para ocultar las lágrimas—. ¿Te pasa algo, querida?

—Por favor, no sea tan agradable conmigo o empezaré a gimotear —contestó Flora mordiéndose el labio.

—¿Quieres que hablemos de ello?

Flora movió la cabeza.

—¿Conoció usted a la madre de Liam? —preguntó de repente. El niño se había acercado a ella con una hoja que había arrancado cuidadosamente del cuaderno—. Gracias, cariño —le dijo dándole un beso en la cabeza.

—No, no la conocía. Nia no los conoció hasta varios meses después de que ella muriera… una desgracia… —suspiró—. Pero la vida sigue —apuntó—. No creo que tengas que preocuparte de los fantasmas. Nunca había visto a Josh tan feliz. De hecho, siempre tenía cara triste.

¡Que no se preocupara por los fantasmas! Teniendo en cuenta el anónimo que había leído tantas veces y que llevaba en el bolsillo, la ironía de aquella frase hizo que sintiera ganas de reír como una histérica.

—Será mejor que me vaya —dijo.

—Si tú lo dices —contestó Megan mirando preocupada a Flora, que estaba pálida—. Si vas a ir a buscar a Josh al lago tienes que ponerte algo.

Flora se puso el abrigo que le ofrecía. ¡Había llegado el momento de la verdad!

Josh dejó el cuaderno de bocetos al ver que se acercaba Flora. Se le borró la sonrisa de bienvenida de la cara al darse cuenta de que ella tenía cara de pocos amigos. Nunca la había visto enfadada. Era la primera vez y ¡parecía realmente enfadada! Observó sus zancadas y pensó que, aunque hubiera estado pisando ascuas ardientes, no se habría dado cuenta. Automáticamente, se levantó y se sacudió los pantalones.

Flora se paró justo delante de él. Estaba enfadadísima por lo que decía la carta, pero al tenerlo delante dudó... ¿no sería todo una mentira?

—¿Es verdad? —preguntó temblando y poniéndole la carta que había recibido aquella mañana en las narices—. ¿Tu mujer era paciente de mi padre? ¿Me has seguido desde Londres?

Josh la miró brevemente antes de pararse a mirar las hojas que tenía entre las manos.

Era la respuesta que Flora necesitaba oír. Aquella mirada lo decía todo. La pequeña esperanza que había albergado murió. Sabía que no tenía sentido que nadie mintiera sobre aquello, pero una parte de ella se había negado a creerlo. Hasta ese momento. Durante todo el camino hasta que lo había encontrado, se había repetido que, si él hubiera estado fingiendo, ella se habría dado cuenta.

—Ya veo —dijo preguntándose cómo podía alguien ser tan cruel—. Se te olvidó decírmelo, ¿verdad?

Con los ojos llenos de dolor, observó a Josh, que estaba leyendo la carta. Se le veía enfadado, pero no por lo que estaba leyendo sino porque era verdad y ella se había enterado antes de lo previsto. ¿Qué habría urdido para el final?

—No quería hacerte daño, Flora— dijo levantando la cabeza. Sus ojos reflejaban sinceridad.

¡Flora ya había tenido suficiente de su pretendida sinceridad!

—¡Creía que eso era precisamente de lo que se trataba! —exclamó—. Siento mucho que mis sentimientos se interpusieran. Claro, pretendías llegar a papá a través de mí. Qué inconsiderado por morirse antes de que te diera tiempo de completar tu venganza —le espetó apartándose cuando él intentó tocarla. ¿Habría brindado con champán mientras ella estaba en el entierro de su padre?—. Supongo que lo de venderle le exclusiva a un tabloide es para no hacerme daño tampoco.

—¡Yo no le he vendido nada a nadie! —se defendió. Aunque en esos momentos, Josh habría vendido su alma al diablo para que borrara el dolor de los ojos de Flora—. No es posible que lo creas.

—¡Me parece que es un poco tarde para ir de íntegro por la vida! —lo recriminó.

—¿Crees de verdad que soy de esos que busca ese tipo de fama?

—¡Puede que eso no sea cierto! —admitió—. Con que una sola parte de lo que dice la carta sea verdad a medias, sería suficiente para condenarte.

—¿Por qué pararse en la condena? —dijo Josh viendo asco en sus ojos—. ¿Por qué no me sentencias también?

—No hace mucho, jamás habría creído que eras capaz de hacer ciertas cosas, pero ahora opino todo lo contrario —le dijo. Observó cómo los músculos de la cara de Josh se tensaba al oír la convicción con la que le estaba hablando. Sintió un tremendo placer. Lo mínimo era que se sintiera incómodo. Aquel tipo de placer hacía que sintiera ganas de vomitar—. En realidad, me habría apostado la vida —aquello era lo que más le había dolido. Nunca se había fiado de nadie como había confiado en aquel hombre y él lo único que quería era vengarse, quería hacerla daño. Observó cómo él se quedaba pálido—. Me he dado cuenta de que eres capaz de cualquier cosa.

—¿Por qué no te preguntas por qué alguien te escribiría algo así? —le pidió.

La carta no estaba firmada, pero Josh sabía quién había sido. Se recriminó el haber sido tan idiota como para creer que aquel periodista no iba a hacer nada. Y peor había sido creer que ella nunca se enteraría. Temía perderla si le decía la verdad y en aquellos momentos la iba a perder por no decírsela. Apretó los dientes. ¡No podía perderla!

—No soy idiota.

Flora se rio amargamente.

—Visto lo visto, yo no diría tanto. Sin embargo, sé que la persona que escribió esto lo hizo con toda la mala fe del mundo.

—Eso tenlo por seguro.

—Pero eso no importa. Eso no cambia los hechos. Primero, me seguiste con el único propósito de que me enamorara de ti. Un plan muy simple, que son los que suelen dar resultado —le espetó mirándolo como retándolo a que lo negara. Josh no tuvo el valor de hacerlo. Aquello confundió a Flora, que creía que aquella rata intentaría defenderse.

—Al principio, pretendía llegar hasta tu padre a través de ti. Sí, es verdad.

—Qué noble que seas sincero —se burló—. ¿Sabes eso que dicen de que más vale tarde que nunca? Pues es una tontería —le soltó triunfante.

—Eso fue antes de… antes de enamorarme de ti, Flora —continuó poco convincente.

Ella cerró los ojos con fuerza y meneó la cabeza de un lado a otro.

—No te atrevas a decir eso —murmuró. Sintió náuseas al pensar en sus mentiras a sangre fría. ¡No había tenido que mentir demasiado, la verdad, porque ella no le había puesto ningún problema!—. No creo que sepas lo que es —le dijo con desdén.

—Sí, sí lo sé, Flora —se defendió. Si no hubiera sido porque sabía a ciencia cierta que estaba mintiendo, habría dudado porque parecía completamente sincero—. Lo sé porque me he sentido así de solo dos veces en la vida —sonrió—. No creí que me pudiera volver a ocurrir. He intentado odiarte, despreciarte, me he intentado convencer de que eras fría, de que no tenías corazón. Creía que, si el sistema no castigaba a tu padre...

—¡Mi padre se estaba castigando a sí mismo tanto que hasta a ti te habría gustado!

—Intenté convencerme de que tenía razón para utilizarte. Incluso llegué a creerlo, pero, cuanto más te conocía, más me daba cuenta de que era imposible odiarte.

Flora se quedó sorprendida por su sinceridad.

—Si quieres lecciones de cómo odiar, yo te las puedo dar —le dijo con amargura.

—Cuando te pasa algo malo en la vida, algo que no puedes controlar —contestó Josh tragando saliva—, te sientes impotente y quieres un culpable. Cuando juzgaron a tu padre, yo encontré a mi culpable...

—Puede que mi padre arruinara su vida personal, pero nunca hizo daño a ninguno de sus pacientes. ¡La investigación así lo demostró!

—Lo sé, Flora, pero no quería creerlo. Necesitaba echarle la culpa de todo a alguien. Quería que se hiciera justicia con lo de Bridie. Fue una locura, algo irracional, pero puedes preguntarle a cualquiera, nunca me he caracterizado por emplear la lógica…

—Puedo llegar a comprender que quisieras una cabeza de turco, incluso puedo ver cierta lógica tras tu terrible venganza, pero ¿por qué seguiste cuando mi padre murió? —preguntó sollozando—. ¿Por qué seguiste fingiendo? ¿Por qué no te fuiste y me dejaste en paz? —preguntó angustiada. «¿Por qué hiciste que me enamorara de ti?», quería preguntarle.

Josh negó con la cabeza y apretó las mandíbulas. Era espantoso querer abrazarla y saber a ciencia cierta que lo rechazaría si intentaba acercarse a consolarla.

—No podía dejar de quererte, Flora y lo intenté. ¡Lo intenté con todas mis fuerzas! —admitió.

—Y estarás orgulloso —dijo asqueada.

—¡No! Estoy avergonzado. Si quieres que te diga la verdad, el pensar en sentarme a la mesa a comer con tu padre me hacía tener sudores fríos, pero, al fin y al cabo, era tu padre y estaba dispuesto a darle una oportunidad.

—No te creo. Si me hubieras querido la mitad de lo que dices, me habrías dicho la verdad.

—¿Te crees que no lo intenté…? —dijo pasándole la mano por el pelo—. Empecé no sé cuántas veces. Cuanto más tiempo dejaba pasar, más difícil me resultaba. Entonces, tu padre murió y pensé que ya no había prisa. Ya no había obstáculos entre nosotros.

—Mi padre sería un obstáculo para ti, Josh… —dijo no pudiendo contener las lágrimas por más tiempo—…, pero era mi padre.

—No creí que la verdad nos fuera a hacer ningún bien y veo que tenía razón, ¿no? La verdad es que no podía soportar la idea de que me miraras… —levantó la cabeza con los ojos ardiendo— así, como si me odiaras.

—¡Es que te odio! —le gritó.

—¡No, no me odias! —contestó con la misma vehemencia—. Me quieres, me necesitas tanto como yo a ti y, si decides acabar con lo que tenemos, te arrepentirás mientras vivas. ¡Habrá un vacío en tu vida! No podrás soportarlo. Sé de lo que estoy hablando. Yo he intentado hacerlo, he intentado darte la espalda a ti y a lo que sentía por ti… ¿Te acuerdas?

Flora recordó los momentos en los que, de repente, parecía rechazarla. En aquellos momentos, le había dolido, pero no tenía ni idea de hasta dónde podía llegar el dolor.

Se forzó a responder con indiferencia.

—Ha sido muy inteligente por tu parte el tenerme ahí, detrás de ti. Tu problema es que confundes la vida con el arte. Puede que los críticos te hayan alabado como si fueras un dios, pero, en realidad, no eres más que un mortal. Hay miles… millones como tú en el mundo —le dijo con el corazón a mil por hora.

—Sí, pero soy al que tú quieres —insistió con arrogancia.

¿Y si tenía razón? Flora se rio guiada por su instinto protector, no porque aquella situación le hiciera la menor gracia.

—Aunque no supiera que eras una rata manipuladora, la situación tampoco era perfecta. Un hombre con hijos no suele ser la mejor opción. No eras el único que tenía dudas —continuó pensando en Liam. Al visualizar la sonrisa del pequeño, le entraron ganas de rectificar lo que acababa de decir, pero el orgullo pudo más.

Josh se quedó pálido. Se quedaron mirándose fijamente a los ojos. Aquello era lo peor que le podía haber dicho, lo que más daño le podría haber hecho. ¿No había sido acaso maravilloso? Lo único que sentía era una tremenda desolación.

Josh no podía creer lo que estaba oyendo.

—Además, yo quiero un hombre con el que pueda tener hijos y tú no puedes o no quieres, ¿verdad, Josh? —le recordó.

—No, conmigo no los tendrías —contestó con decisión—. ¡Flora! —gritó cuando ella se dio la vuelta para irse.

Flora no tenía intención de girarse, pero algo en su voz hizo que su dignidad se quebrara y que su voluntad no obedeciera a su cerebro. Se giró.

—No te creo.

—¿Qué es lo que no crees, Josh? La verdad es que, pensándolo mejor, prefiero no oírlo. No me interesa nada de lo que me digas.

—¡Guau! —bromeó Sam Taverner al entrar en el despacho de Flora—. Misión cumplida —dijo apoyándose en su mesa—. ¿Por qué tu mesa siempre está tan limpia y ordenada y la mía parece un campo de batalla?

Flora sonrió.

—Muy fácil. Tú eres un vago. ¡Un vago brillante! —concedió. Se secó el sudor de las manos en la falda—. ¿Qué le has dicho?

—Que estabas en Hong Kong y que no ibas a volver hasta dentro de unas semanas…

—¿Por qué en Hong Kong?

Él se encogió de hombros.

—Fue lo primero que se me ocurrió —confesó—. Mi cuñado siempre está viajando a Hong Kong y, además, si tu amado decide ir a buscarte, estará entretenido un rato. Es mejor que decir que estabas en Cheltenham.

Como de costumbre, la lógica de Sam era un tanto extraña.

—Sí, de acuerdo, pero, ¿se lo ha creído? —preguntó impaciente.

—Bueno, al principio, no, pero luego fingí estupendamente, como cuando iba a clases de teatro. Ha sido la mejor interpretación de mi vida.

—¿Y se ha ido?

—Puedes darme las gracias, ¿eh?

—Perdona, Sam. Gracias.

—Si quieres que te sea sincero, Flora, querida, creo que deberías denunciar a ese tipo. Puede que tu amiguito sea peligroso.

—No, no lo es.

—No sé por qué estás tan segura.

—Lo estoy —contestó—. Josh no haría daño a nadie. Además, no me está atosigando, solo…

—Solo se presenta sin avisar en tu casa y en tu lugar de trabajo. ¡Siempre te he tenido por una persona muy prudente! Desde luego, a mí no me parece que tu novio sea precisamente incapaz de hacerte daño —dijo imaginándose lo que podría haber ocurrido si no se hubiera tragado lo de Hong Kong. En momentos así, siempre se arrepentía de no haber continuado con el judo.

—No es mi novio.

—¿Por qué, entonces, te has tenido que mudar de casa? No estoy diciendo que no estemos encantados de que te hayas venido con nosotros, ¿eh? —le aseguró.

—Porque no quiero discutir con él —contestó. Además, aunque jamás lo perdonaría, ya no tenía tanta furia y podía terminar creyéndose lo que le dijera.

Si le decía que la quería y que la necesitaba, Flora no sabía cuánto aguantaría. Ya tenía bastante con los recuerdos.

—¿Desde cuándo no te gustan las discusiones? —preguntó su compañero con escepticismo.

—Desde la última vez que discutí con Josh.

—Entonces, ¿no lo has vuelto a ver desde el enfado aquel?

Flora sonrió. No tenía ninguna intención de dar más explicaciones porque sabía que Sam, perfectamente aleccionado por su mujer, Lyn, quería saber todos los detalles. Pronto les daría una bonita noticia que les pondría los pelos de punta incluso a ella, que era una devoradora de escándalos. Ella todavía estaba sorprendida…

—No, y no quiero volverlo a ver.

Aunque hubiera decidido no contestar a sus mensajes ni abrirle la puerta, no quería decir que no le echara muchísimo de menos. No podía engañarse a sí misma, pero tampoco quería traicionar su decisión porque sabía que lo pasaría fatal si lo volvía a ver.

Al ver que estaba flaqueando, pasó revista mentalmente a todo lo que le había hecho. Para su sorpresa, los pecados de Josh, que había tenido muy nítidos, habían empezado a desvanecerse. Aunque ella creía que la quería, eso no podía hacerle olvidar lo que le había hecho. ¡No podía irse abajo…!

—Bueno, prométeme que te pensarás lo de la denuncia. Si yo fuera tú, no pegaría ojo.

«Me debo de maquillar mejor de lo que yo creía si Sam se cree que duermo a pierna suelta».

—No te preocupes, Sam. No creo que seas su tipo.

—No, pero tú, sí. ¿Qué le digo a Lyn? ¿Vas a venir al teatro esta noche? —dijo su compañero agarrando una pila de papeles.

Flora suspiró. A veces los amigos que solo querían ayudar eran un petardo. Ni siquiera podía uno estar triste a solas.

—Sabes que no me gustan las citas a ciegas, Sam.

—Es una cita a ciegas doble.

—¿Y cuál es la diferencia?

—Toda. Si resulta que no puedes soportar al tipo ese, Lyn y yo estaremos allí para echarte una mano.

—¿Cómo me voy a negar, entonces?

—¡Fenomenal!

—Eso no era un sí —protestó. Sin embargo, Sam se hizo el sueco y salió del despacho.

—Bueno, ¿qué te parece? —le preguntó Lyn en el intermedio mientras se pintaba los labios.

—Me gustó más su última obra.

—No me refería a la obra. ¡Ya lo sabes! Tengo colorete si quieres —añadió viendo lo pálida que estaba Flora—. No te queda pintalabios.

—No, gracias y no llevo pintalabios.

Lyn se escandalizó ante semejante confesión, pero no quiso seguir con el tema.

—¿Qué te parece Tim?

—Es muy simpático —contestó. El chico no tenía nada de malo. Tampoco nada que le hiciera diferente de los demás, no como… apartó aquellos pensamientos de su mente.

Lyn sonrió.

—Sabía que te iba a gustar —dijo triunfante—. Es tan perfecto que, al principio, temí que… bueno, a su edad, y no estando casado, algo tenía que pasar…

—Quieres decir que temiste que fuera homosexual.

Lyn suspiró y asintió.

—Una pena, sí, pero Tim no lo es, ya me he enterado.

Flora no pudo evitar reírse.

—Eres imposible.

—¿Yo? ¡Mírate! Con lo guapa que eres, deberían sobrarte los hombres. Sé que los asustas adrede. Por favor, sé simpática con Tim y no te pases de lista.

—Anda que si te oyera una feminista —sonrió Flora.

Se estaba llevando la copa de vino a la boca cuando lo vio. Fue un momento porque otro hombre se puso en medio y lo tapó, pero se quedó paralizada.

—Perdón.

Sus acompañantes giraron la cabeza para ver qué estaba mirando. Sí, era él, sin duda. Qué guapo estaba de traje.

—¡Qué pelo! —comentó Lyn al ver a la pelirroja que acompañaba a Josh.

—¡Y menudo cuerpo! —añadió Tim.

Flora también la había visto. Había visto cómo Josh besaba la mano de aquella pelirroja después de que ella le hubiera acariciado la mejilla. Se estaban comiendo con los ojos… de una manera casi indecente para estar en un local público.

—¡Flora, no lo hagas! —dijo Sam angustiado, pero ella apenas lo oyó porque ya estaba avanzando hacia la pareja.

¡Ni la vieron! Se quedó allí de pie, solo los separaba

una mesa, pero ellos parecían demasiado pendientes el uno del otro como para advertir su presencia. Josh bajó la cabeza y le dijo algo al oído. La pelirroja sonrió.

Fue su risa sensual lo que Flora ya no pudo aguantar. Sin saber muy bien qué iba a ocurrir, carraspeó con fuerza. Ambos la miraron, pero ella solo tenía ojos para Josh.

No podía creerse que la estuviera mirando con indiferencia. ¡Ni siquiera se sentía avergonzado!

¿Y aquel era el hombre que la había estado persiguiendo prometiéndola amor eterno? Pero si estaba haciendo como si no la conociera. ¡Y pensar que había estado a punto de creerlo!

—Puede que no sea asunto mío —le dijo con voz temblorosa a la pelirroja—, pero este hombre con el que estás es un canalla mentiroso y rastrero.

Josh se levantó con expresión sorprendida.

—Me parece que ha habido…

—¿Un malentendido? —le espetó Flora—. Dímelo a mí —añadió arrojándole el vino a la cara.

Lo miró brevemente mientras dejaba la copa vacía y se daba la vuelta.

—¿Quieres un pañuelo…?

Jake Prentice aceptó el pañuelo que le tendía su mujer y se sentó lentamente.

—No la había visto en mi vida. ¡Te lo juro! —le dijo sinceramente.

—Claro, ¿qué ibas a decir?

—Mira, Nia… te estás quedando conmigo, ¿verdad? —suspiró aliviado—. Menudo enfado tiene esa mujer.

Su mujer sonrió.

—Tienes suerte de que te crea porque esa mujer está enfadada y embarazada.

—¿Sí? —se sorprendió Jake. Cualquiera lo habría dicho viendo el abdomen liso de aquella rubia, pero su mujer no solía equivocarse en esas cosas. Debía de ser la intuición femenina—. ¿Josh…? —preguntó sorprendido.

—A veces, eres muy lento.

—A veces, Nia, te gusta que sea muy lento.

Sin reparar en que eran el centro de todas las miradas y los comentarios desde que se había ido la rubia, Jake besó a su mujer con pasión.

Capítulo 8

JOSH se apoyó en una de las cajas mientras observaba con resignación cómo su gemelo le daba una enorme chocolatina a Liam. Su hijo tenía debilidad por el chocolate.

—¿No has oído hablar de una dieta equilibrada? —preguntó mientras Liam daba un puñetazo al aire porque el malo de su papá le había confiscado su regalo.

—Eso es cosa de su padre. Yo soy su tío… ¿Tú te has dado cuenta de que el pequeño Liam es una de las pocas personas que nos diferencia?

—Eso es porque detecta a los que puede manipular enseguida. Ya hablaremos de eso de ser el tío cuando las gemelas tengan dientes —le advirtió Josh—. ¿Qué tal están? —preguntó acordándose de sus sobrinas de seis meses.

—Creciendo y maravillosas. ¿Por qué?

Josh sabía por experiencia que, cuando su hermano sonreía de esa manera tan tontorrona, era que iba a ponerse a hablar de lo perfectas que eran sus hijas. Como todos los padres primerizos, Jake estaba convencido de que todo el mundo estaba tan fascinado como él con todos y cada uno de los detalles insignificantes de sus retoños. Josh adoraba a sus sobrinas, pero su devoción tenía sus límites…

—Le agradezco mucho a Nia que se quede hoy con Liam —dijo cambiando de tema rápidamente.

—Es lo mínimo que podemos hacer. Dicen que mudarse de casa es una de las cosas más estresantes que hay… lo que explicaría que estés hecho una porquería. Será por eso, ¿no, Josh?

A lo mejor, habría sido mejor dejar que su hermano se explayara sobre sus hijas. Josh estuvo a punto de decirle que se metiera en sus asuntos, pero no lo hizo. Sabía que no le serviría de nada.

—¿Dónde está Nia?

—En el coche. No quería estropearnos este momento. Antes de que se me olvide, tengo una cosa para ti.

Aquella frase hizo que Josh frunciera el ceño y mirara el papel que tenía su gemelo en las manos.

—¿Qué es eso?

—Como ves, una factura.

Josh agarró el papel.

—¿La factura de la tintorería? —dijo. Su hermano se había vuelto loco.

Jake asintió.

—Era una mancha de vino y la camisa era de firma… —explicó con tristeza.

—Supongo que acabarás diciéndome dónde quieres ir a parar con todo esto, pero es que no dispongo de todo el día —dijo Josh mirando el reloj.

—Déjate de sarcasmos. Se la hubiera mandado a ella, pero no tenía su dirección. A lo mejor, tú la tienes…

—¿Por qué no te dejas de tanto misterio?

—La mujer de la que te hablo era alta, rubia, guapa… muy guapa, la verdad —dijo Jake—. ¿Te suena? Si Nia te pregunta, no te he dicho que era muy guapa.

—¿Dónde?… ¿Cuándo? —Josh tomó aire y recobró el control, en parte—. ¿Qué hizo? —preguntó Josh atando cabos. Vino en una camisa de vestir significaba torpeza o defensa. Flora no tenía nada de torpe—. ¿Qué le hiciste?

Jake levantó las manos.

—Eh, que la víctima fui yo. ¿Cómo se llama la señorita? La verdad es que no llegaron a presentarnos.

—Flora.

—Nia supuso que era ella…

—¿Cómo sabía Nia…? —explotó Josh—. Ah, Megan —dijo. ¿Es que su familia no sabía lo que era la vida personal de uno?

—Tu Flora me insultó y luego me tiró el vino encima… tinto —contestó Jake encogiéndose de hombros—. Todo eso delante de mi mujer y de unos cuantos más.

Conociendo a su hermano, Josh imaginó la poca gracia que le debía de haber hecho pasar por semejante vergüenza. La sonrisa que se le había dibujado se le borró rápidamente al darse cuenta de que aquel ataque estaba dirigido a él.

«Mi Flora, es mi Flora». Aquella certeza le caló hondo. El único problema era convencerla a ella. Apretó las mandíbulas con decisión. ¿No era irónico que se hubiera recorrido la ciudad entera buscándola, que hubiera hecho guardia delante de su casa y que hubiera sido Jake la que la hubiera encontrado?

Miró contrariado a su gemelo.

—¿Te confundió conmigo?

—A mí tampoco me hace feliz el hecho, pero así fue. Desde luego, no suele ser ese el efecto que yo tengo sobre las mujeres, pero, claro, yo nunca he tenido la vida social que tú has tenido, querido hermanito.

—Querrás decir que tú eras un pesado y un aburrido.

Jake no se ofendió. Se limitó a encogerse de hombros.

—Puede que no te hayas dado cuenta, Josh, pero tú has sido igual estos últimos años. ¡Siento mucho tener que ser yo el que te lo diga, pero la mayoría de la gente incluso ha olvidado que tuviste una juventud de juergas! Me parece que ya va siendo hora de que recuperes esa imagen. Por si lo quieres saber… —continuó pensativo.

—Yo no he preguntado nada.

—Estaba celosa.

De repente, Josh se mostró mucho más interesado en lo que tenía que contarle su hermano.

—¿Tú crees…? —preguntó intentando no parecer demasiado contento.

—Nia estaba muy cariñosa —informó Jake muy alegre.

—¿Tienes que ser tan presumido? —se quejó Josh—. Ya sabemos que eres el marido y el padre ideal, nos lo recuerdas constantemente —si Jake estaba en lo cierto, y normalmente no se equivocaba, aquello abría la puerta a posibilidades muy interesantes.

—Para que lo sepas, Nia cree que tú eres el mejor padre del mundo… —respondió su gemelo indignado.

—Tiene gusto, la verdad, no sé por qué se casó contigo.

—Si quieres…

—Que me des tu magnífica opinión —cortó Josh sarcástico—. No, no quiero. No sé por qué te crees en el derecho de interferir en mi vida privada —gruñó en un alarde de total ingratitud hacia su hermano.

—Menuda memoria selectiva más sorprendente tienes. Me parece recordar a alguien que se moría por emparejarme con Nia. ¡Incluso llegó a encerrarme en una habitación con ella! ¡No recuerdo que entonces tuvieras escrúpulos en meterte en mi vida privada!

Josh sabía que tenía razón y sonrió.

—¡Cómo si tú hubieras querido escaparte! De cualquier forma, tú siempre fuiste un desastre con las mujeres. Si no te hubiera ayudado seguirías siendo un viejo solterón.

—¡Viejo solterón! —protestó Jake—. ¿Y, entonces, tú?

—Es que algunos han nacido viejos.

—Bueno, al menos a mí ninguna mujer me ha tirado el vino a la cara… sabiendo que era yo, claro.

La expresión de Josh se hizo grave.

—Es la hija de Graham, ¿sabes? —anunció de repente.

Se esforzó por no enfadarse ante el brillo de compasión que vio en los ojos de su hermano, que asintió lentamente. No lo sorprendió mucho ver que Jake no se asombraba. Sospechaba que su hermano sabía más de lo que estaba haciendo ver.

—La había visto en otras comparecencias públicas, pero su cambio de imagen me confundió... además, ya no es la mujer de hielo de antes.

—¿Estaba sola? —preguntó Josh sin poder evitarlo. Pensar que Flora pudiera estar con otro hombre lo desasosegaba.

—Bueno, cuando lo del numerito estaba sola, pero eso no quiere decir nada porque no creo que fuera sola al teatro.

—Eso no me sirve de nada.

—Bueno, yo no vi a nadie con ella, pero la verdad es que si yo hubiera sido su acompañante, me habría escondido —admitió Jake sinceramente.

—Me voy a casar con ella.

—A mí no me lo digas; díselo a ella.

—¿Qué te crees que he estado intentando hacer? —gritó Josh—. No me importa quién fuera su padre.

—Ya lo veo —dijo Jake. No estaba la cosa como para contradecirle—. Me estoy dando cuenta de que estás viendo el tema de Graham con más claridad últimamente.

—Sí, pero Flora no me cree y con razón, la verdad —admitió Josh.

—Así que, cuando te fuiste sin decirle una palabra a nadie y terminaste en casa de los padres de Nia, ¿fue para vengarte? —preguntó Jake, Josh asintió—. Y cuando te liaste con ella tus sentimientos no eran puros —asumió Jake.

—¿Qué te dijo exactamente? —preguntó Josh dispuesto a todo por obtener esa información.

—Todo lo que dijo era enigmático e insultante. Está muy claro que tenéis mucho en común. Ven a ver a la tía Nia, Liam —le dijo al pequeño poniéndose de rodillas para agarrarlo en brazos. Liam ignoró a su tío, con una dulce y firme sonrisa, y siguió poniéndose la cara perdida de chocolate.

—Toma *déjà vu* —murmuró Josh. Aquella sonrisa era la misma que su gemelo había utilizado tantas veces para salirse con la suya durante su infancia. A Josh le esperaban años de tomar su propia medicina.

—La verdad es que estoy fatal, Jake.

Su gemelo se levantó.

—Lo suponía, pero lo que me sorprende es oírlo de tu boca. ¿Qué vas a hacer?

—No tengo ni idea. Ella ha dejado muy claro que no me quiere ver ni en pintura.

Jake lo miró preocupado. Era muy raro verlo así de abatido. Tenía que animarlo un poco.

—¡Siempre supe que eras un romántico, pero nunca me imaginé que fueras un débil!

Josh agarró a su hermano de los hombros y se miró en aquellos ojos exactamente iguales que los suyos. El enfado se le pasó tan rápido como le había sobrevenido. Soltó a su hermano con expresión severa.

—Ese soy yo, un hombre sensible de la nueva era —protestó Josh enfadado.

—Me ha quedado muy claro —dijo Jake con una débil sonrisa—. No eres un débil sino un idiota. Supongo que hay algo que debes saber antes de decidir qué vas a hacer.

—¿Qué? —preguntó Josh dándole un beso a su hijo en la ceja y diciéndole que se portara bien con la tía Nia.

—La tía Nia dice que tu Flora está embarazada.

Jake observó cómo su hermano se apoyaba en la pared.

—Es imposible —dijo tras una penosa pausa.

—Tú lo sabrás mejor que yo, pero yo me fiaría de la intuición de Nia.

—¿Y? —preguntó Nia cuando su marido volvió al coche con el niño.

—¿Qué?

—¿Has sido simpático y agradable?

—Si lo hubiera sido, se habría enfadado de verdad.

—Y supongo que diciéndoselo de forma desagradable y sarcástica, no.

—¿Qué iba a hacer? ¿Abrazarlo?

Nia cerró los ojos.

—No, claro —observó mordazmente. ¡Hombres! Cualquiera diría que ambos estarían dispuestos a dar la vida el uno por el otro.

Ya no había motivo para quedarse más tiempo en el cuarto de invitados de Sam y Lyn. Era obvio que Josh ya no había intentado volverse a poner en contacto con ella. Menos mal que sabía de antemano que el amor del que hablaba Josh no era más que una farsa porque, si no, el hecho de que sus sentimientos tuvieran límites geográficos, y Hong Kong parecía estar fuera de ellos, la hubiera destrozado.

Tampoco había esperado que se montara en el primer avión que saliera hacia allí, ¡pero podía haber esperado un tiempo para acostarse con la primera que se le había puesto por delante! Le dio un escalofrío de asco al recordar a la pelirroja.

Flora continuó recordándose que era una suerte que Josh no tuviera resistencia, por lo menos en cuanto a fidelidad se refería. Cuanto antes dejara de pensar en él, mejor, ¡así podría volver a su vida normal!

Llena de bolsas, tuvo que luchar con la cerradura.

—¡Maldición! —exclamó justo antes de poder abrirla. Con un suspiro de alivio, lanzó las bolsas de cualquier forma en el vestíbulo y entró.

Al oír que se cerraba la puerta tras ella, se giró asustada. Josh estaba allí, alto, moreno y peligroso.

La había herido y traicionado de todas las maneras posibles, se había olvidado de ella cuando las cosas se habían puesto un poco difíciles y, aun así, quería correr a sus brazos.

—¡Fuera! —gritó lanzándole lo primero que tenía a mano, que resultó ser un cojín. Le dio en la cabeza y no le hizo ningún daño.

—Me iré cuando me tenga que ir —contestó frotándose la cabeza—. Eso me ha dolido.

—¡Ojalá! No te vas a ir cuando a ti te dé la gana sino cuando yo quiera, es decir, ¡ahora mismo! ¿Le has dicho a la vampiresa de ojos verdes que has venido? Casi me da pena.

—¡Los únicos ojos verdes que veo están aquí! —murmuró Josh con un provocativo placer. La miró y vio que se había sonrojado.

—Deja los juegos de palabras. ¡En realidad, no me importa! —exclamó muy digna. Sin embargo, al mirarlo se dio cuenta de que no le había creído.

—Si no te importa, ¿por qué montaste el numerito del vino?

—No creo que estés en posición de juzgar mi comportamiento, pero, si lo quieres saber, te diré que fue la expresión espontánea de mi desprecio hacia ti —contestó. Considerando que no tenía ni idea de lo que iba a decir cuando abrió la boca, Flora se quedó bastante satisfecha con su contestación—. Siento mucho haberte estropeado la velada —mintió.

—La verdad es que no he venido para hablar de la factura de la tintorería.

—¿Ah no? Pues no se me ocurre qué otra cosa puede haber ya entre nosotros —respondió Flora. ¡Se iba a comer la factura como tuviera la cara de dársela!

—Me parece que lo sabes perfectamente —dijo Josh mirándola con precisión clínica como si buscara algo—. ¿Es verdad? —le preguntó de repente.

Flora se quedó helada. Su mente se aceleró… era imposible que lo supiera. ¿Cómo lo iba a saber si ella se acababa de enterar? «Si actúo bien, no se dará cuenta», pensó. Se pasó la lengua por el labio superior.

—¿Si es verdad qué? —preguntó con los ojos muy abiertos.

Josh la miró con los ojos entrecerrados.

—¿Quieres jugar…? —dijo Josh. Flora lo miró nerviosa—. Muy bien.

—No sé de qué me estás hablando —declaró con la esperanza de que él tampoco lo supiera.

—Quiero hablar de nosotros.

Flora se relajó, pero no por mucho tiempo… nosotros era un tema un poco espinoso también.

Intentó no reflejar ningún sentimiento en la cara y se lo quedó mirando. Ya sería lo último que él se diera cuenta de la cantidad de veces que ella había soñado con que hubiera un «nosotros», no quería que supiera que, a pesar de todo lo que le había hecho, antes de lo de la pelirroja, ella habría estado dispuesta a luchar contra viento y marea para que hubiera habido un «nosotros».

—No hay un «nosotros» y nunca lo ha habido —contestó. ¡Eso debería bastar para engañarlo! Había puesto toda su alma en sonar convencida de lo que estaba diciendo. El mensaje estaba más claro que el agua.

Se sintió frustrada ante su silencio. Josh se limitó a contemplarla. Paseó por la habitación mirando a su alrededor con interés.

—Es muy bonita tu casa —dijo pasando un dedo por la fila de libros.

Flora sintió un escalofrío como si la hubiera acariciado a ella. Sus manos la hacían temblar. Para no pensar en ese tipo de cosas, soltó lo primero que se le pasó por la cabeza.

—¿Tu nueva novia sabe leer o su delantera se lo impide? —preguntó. Los pechos de aquella pelirroja no podían ser naturales.

Josh tosió para no reírse. Flora vio que parecía estar divirtiéndose y satisfecho de sí mismo, así que decidió dejar de mirarlo. Así le resultaría mucho más fácil mostrarse fría e indiferente. «¡Podría haber puesto un anuncio para que todo el mundo se enterara de que estoy que me muero de celos!»

—En mi condición de hombre…

—Como si no me hubiera dado cuenta —dijo apartando la vista de sus soberbias piernas.

—Nunca se me ocurriría comparar la talla de sujetador de una mujer con su coeficiente intelectual —explicó sonriendo lascivamente—. A mí me gustan más las piernas —confesó sentándose en una butaca de cuero.

Flora deseó haber llevado pantalones. Tampoco era que la falda que llevaba dejara ver nada del otro mundo, solo los tobillos y las pantorrillas. Recordó que a Josh le gustaban todas las partes de su cuerpo, aunque fueran las más normales. Sintió que el deseo le recorría la piel.

—Mi hermano, Jake,...

Flora, avergonzada de la respuesta de su cuerpo ante su presencia, deseó que no la mirara de esa forma. Además, no tenía ninguna intención de que la comparase con la voluptuosa pelirroja.

—No te pongas cómodo. ¡Nadie te ha invitado a quedarte! —lo interrumpió bruscamente—. Si no paras de mirarme las piernas —le dijo pasando por alto que ella acababa de hacer lo mismo— voy a... voy a —Josh enarcó una ceja—. ¡Llamaré a la policía! —dijo pensando que lo de la denuncia le parecía una buena idea.

—¿De verdad? Sería una conversación muy interesante. ¿Podrían enviar una patrulla? Mi novio me está mirando las piernas...

Flora se mordió el labio inferior al ver cómo se burlaba de su amenaza.

—Tú no eres mi novio —le contradijo. Se odió a sí misma por hablar con tan poca convicción. ¿Cómo iba a creerla si se mostraba tan floja?

Josh parecía estar dándole vueltas a su contestación.

—Sí, yo también prefiero decir amante, me parece mucho más adulto e... íntimo.

Su tono sensual hizo que a Flora se le erizara el vello de la nuca. Dejó de intentar controlar la situación. ¡Estaba fuera de control!

—Hablando de Jake... —continuó Josh cruzándose de piernas. Flora se dio cuenta de que llevaba un calcetín de cada color. Se preguntó si habría pasado una mala noche por Liam... o tal vez no fuera por el niño por lo que parecía tan cansado y ni siquiera se había afeitado… De repente, se enfureció terriblemente… ¡con él, con ella misma, con el estúpido y cruel destino, que le había llevado a enamorarse de él!

Flora se cruzó de brazos.

—Yo no he hablado de tu hermano, has sido tú, pero, de todas formas, no me interesa tu familia —dijo fingiendo un bostezo.

—Pues tú a Jake le interesas mucho. Y a su mujer, Nia, también.

Flora, que seguía luchando contra sí misma y contra los celos, lo miró sin expresión en el rostro mientras él sacaba una foto de la cartera y se la daba. Se puso las manos a la espalda y negó con la cabeza. Se le antojó que hacer lo contrario de lo que él decía era una victoria.

—No me interesan las fotos de tu familia.

—¡Mira!

—¡No me hables así! —exclamó dándose cuenta de que, aunque parecía divertido, estaba muy tenso.

—Seguro que te aclara las cosas.

Obviamente, no iba a parar hasta salirse con la suya. Flora agarró la foto con la esperanza de que no se notara demasiado el esfuerzo que hacía para que sus dedos no se rozaran.

Se le heló la sangre en las venas al ver a una mujer radiante vestida de novia y escoltada por dos guapísimos hombres vestidos de gala. Josh era uno de ellos, pero no sabía cuál de los dos.

—¡Tienes un gemelo! —exclamó mientras recobraba el color—. No me lo habías dicho… ¡Dios mío! —dijo recordando la cara de sorpresa de su víctima mientras se quitaba el vino tinto de los ojos.

¡Había hecho que no la reconocía porque no la había reconocido! No se había sentido tan avergonzada en su vida—. ¿Por qué no me lo dijiste? —preguntó con los puños apretados—. Si me lo hubieras dicho, no habría hecho el ridículo de esa manera…

—Jake también cree que fue culpa mía —contestó él.

—Debe de creer… que estoy loca. ¡Quién soy yo para juzgar con quién te dejas ver en público! —exclamó sin darse cuenta de la satisfacción que le produjo a Josh ver que Flora había comprendido la que había montado. Angustiada, se tapó la cara con las manos—. Dios, era su mujer… la de…

—Sí, la de la talla cien —dijo Josh asintiendo con solemnidad—. Sí, es Nia.

—Es muy guapa —confesó. Qué fácil era admitirlo sabiendo que estaba casado con el hermano de Josh, que no era una rival… «¿Qué estoy diciendo?»

Se sintió tremendamente aliviada.

—Así que no has…

—Mirado, tocado ni tenido pensamientos impuros con ninguna otra mujer —contestó negando con la cabeza—. Soy inocente de todos los cargos que se me imputan. ¿Te sientes mejor?

Flora se puso roja como un tomate.

—Me importa un pimiento —contestó. Sabía que era imposible, que no podía ocultarle sus sentimientos, pero se sentía obligada a hacer un esfuerzo—. ¿Creyó… la mujer de tu hermano que…? —preguntó Flora nerviosa. Lo que le faltaba para rematar el día era que le dijera que, por culpa suya, aquella pareja, que parecía de lo más feliz, se había separado.

—No te preocupes, siguen juntos. Nia cree que mi hermano es todo integridad.

—¿Quieres decir que sería capaz de engañarla? —preguntó sorprendida.

—Quiero decir que he estado insultando a Jake desde que aprendí a hablar, se ha convertido en una costumbre profundamente arraigada. Jake moriría antes de hacerle daño a Nia. Está completamente colado.

—Eso parecía —confirmó Flora recordando que había sido precisamente su actitud hacia su mujer lo que le había hecho ponerse como una furia—. No me puedo creer que seáis tan iguales.

—¡No lo somos! —ladró Josh.

—¿Te molesta que te digan eso? —preguntó Flora. No hacía falta que él se lo dijera. Sabía que no había nadie como Josh.

Josh no lo negó.

—Es un error muy común —explicó irritado—. Somos muy parecidos... aunque, la verdad, no me puedo creer que no pudieras diferenciarnos. Nia nos distingue perfectamente, claro que ella tiene algo de bruja... la sangre celta que corre por sus venas, supongo. Por cierto, dijo algo sobre ti...

—Nada agradable, supongo —comentó Flora imaginándose la primera impresión que le habría causado—. Sin embargo, no creo que fuera peor que todo lo que yo he dicho sobre ella.

—Eso es lo que hacen los celos.

Flora apretó los dientes.

—¡No sé si eres así de cabezota o es que te crees completamente irresistible!

—Ya veo que estás negativa, por lo menos en cuanto a este tema —comentó misterioso.

Su seguridad en sí mismo, hizo que Flora sintiera deseos de gritar, sobre todo porque tenía razón.

—¿No te rindes nunca?

—Nunca —confirmó—. ¿También me vas a negar lo otro?

—¿El qué? —preguntó inocente.

—Que estás embarazada.

—¡Dios mío! —murmuró. Dio un par de pasos hacia la silla más cercana, pero el pitido de los oídos y los puntos negros que veía se multiplicaron tan insoportablemente que se le doblaron las piernas y cayó al suelo antes de que Josh pudiera hacer nada—. ¿Cómo… cómo?

—O sea que es verdad —dijo él. No sabía si dejarse caer al suelo también o darse cabezazos contra la pared. ¡Si hubiera utilizado la cabeza todo aquello no estaría ocurriendo! Había hecho muchas cosas en su vida de las que no estaba particularmente orgulloso, pero aquello ya era lo último.

Flora se arrodilló y se sentó sobre los talones. Nunca había visto a nadie tan miserable y turbado como Josh. Había envejecido en treinta segundos.

No se podría haber imaginado nunca que el padre de su primer hijo iba a reaccionar así. Siempre había sido una romántica empedernida.

—¿Cómo lo sabías? Yo… —preguntó. Era imposible que Josh hubiera tenido acceso a su expediente médico.

—¿Qué puedo decir? Mi hermano está casado con una mujer que es medio bruja. Ríete si quieres… —le dijo, pero Flora no tenía ningunas ganas de reírse—. Cuando me lo dijo por primera vez, yo me reí, pero la verdad es que tiene ciertos poderes. Puede ser que tenga un sexto sentido para leer el lenguaje corporal, no sé… —contestó. No le importaba demasiado cómo se había enterado de la verdad; lo que lo desbordaba era la verdad en sí.

Flora se pasó los dedos por la tripa y se puso en pie muy seria.

—No me importa lo que me digas —le advirtió con el mentón desafiante.

—¡Dime algo que no sepa! —exclamó Josh—. No te irás a desmayar o algo así, ¿no?

—No —contestó ella mordiéndose el labio—. Josh, sé lo que piensas de tener más hijos —dijo tragándose el dolor que sentía en la garganta—, pero no pienso abortar —dijo con decisión—. ¡No digas nada! —exclamó tapándose los oídos—. ¡No pienso hacerlo! —insistió—. Es mi hijo. No hace falta que tú te involucres.

La mención del aborto había hecho que a Josh se le borrara el poco color que tenía en la cara. Los ojos le ardían de furia. La miró impasible.

—No pienso molestarme en justificar que no le deseo ningún daño a ningún hijo mío —dijo. Flora no podía aguantar la voz de Josh, quebrada y emocionada.

—Creí que… —comenzó. Al darse cuenta de que lo iba a acariciar, echó la mano atrás.

—Sé lo que creías —dijo él. Al ver el reproche en sus ojos, Flora se sonrojó de vergüenza—. ¿Cómo puedes pensar que no me quiero involucrar con mi propio hijo?

Flora lo miró incrédula.

—¿Me estás diciendo que lo quieres?

Su sueño parecía a punto de hacerse realidad. El optimismo, a veces, era una tontería y en aquella ocasión, más. Tal vez, la paternidad podía hacer que terminaran juntos. Sin compromisos.

—No creo que quererlo sea la palabra adecuada —contestó Josh.

—Eso creía que ibas a decir —comentó ella intentando no irse abajo.

—Yo estoy hablando de responsabilidad. Ya te conté que, una vez, le di la espalda a Liam y nunca me lo he podido perdonar. No pienso cometer el mismo error otra vez —dijo como recordando lo sucedido y sintiéndose terriblemente culpable—. Si no hubiera sido por Jake...

—¡Otra vez eso, no! —gritó ella de repente—. Estoy segura de que tu hermano es una persona maravillosa, pero se limitó a hacer lo que cualquier hermano habría hecho en un momento así. Tú habrías hecho lo mismo, ¿verdad?

—Claro que sí —admitió Josh—. Pero no lo sabes todo. Me di a la bebida...

—¿Cómo? —dijo abriendo los ojos exageradamente y poniendo las manos en las mejillas—. ¿Y qué? Todos sufrimos, todos nos equivocamos y todos salimos a rastras. Claro que Josh Prentice nunca pierde el control, nunca se equivoca y jamás se arrastra. ¡Por Dios, hombre, pero si eres un padre maravilloso! —le dijo exasperada mirándolo fijamente.

—¿Me estás defendiendo?

—Sí, contra tu peor crítico... tú mismo —contestó Flora desafiante. Intentó no pensar en lo mucho que le había gustado que Josh perdiera el control en algunas situaciones. El hecho de desearlo... de quererlo hasta la médula... solo hacía lo que tenía que hacer mucho más difícil—. Lo que te estoy diciendo no es el reflejo de cómo creo que lo harías como padre.

—Es difícil perdonarse a uno mismo por...

—¡Ser humano! —dijo ella sarcástica—. No sé lo duro que va a ser tener a este niño, pero sí sé que sería mucho peor tenerte encima todo el día, pendiente de que pasara algo malo. Lo siento si suena horrible, pero quiero disfrutar de mi embarazo. Es algo muy especial para mí.

Flora vio que Josh tragaba saliva.

—¿Me estás diciendo que si estoy contigo te pondría…?

—Nerviosa, sí, incluso me harías infeliz —contestó ella. «Aunque no tan infeliz como tú», pensó con tristeza—. Sé cuáles eran tus intenciones iniciales.

Josh se desinfló. Sus ojos reflejaban reproche hacia ella.

—Flora, ya te he dicho que eso fue antes de que me enamorara de ti.

—Si de verdad me quieres, Josh, déjame sola. Deja que tenga a mi hijo. Yo lo quiero; tú, no —le pidió. Él podía haberlo negado, pero Flora sabía que no lo haría.

El conflicto que reflejaba el rostro de Josh era solo un ápice de la lucha que se estaba librando en su interior.

—¿De verdad crees que sería capaz de abandonarte a ti y a nuestro hijo? —le preguntó mirándola como si se hubiera vuelto loca.

—Sé que no lo quieres.

—Te quiero a ti, Flora. Cásate conmigo.

Capítulo 9

FLORA tomó aire al tiempo que le temblaban las rodillas salvajemente.

—¿No lo dirás en serio?

—No he sido más serio en vida.

Desesperada, Flora apartó la mirada negando con la cabeza.

—¿Estás loco? —preguntó de manera muy controlada para como estaba la situación—. Sé que no te gusta sentirte inútil, Josh.

—Cierto, pero es un tema del que estoy harto últimamente.

Aquella solución era muy radical, incluso viniendo de él.

—Ya, pero hacer esto para sentirte que has recuperado el control no me parece una buena idea.

¡El control! Debía de estar de broma.

—¡Pero si no he tenido nada bajo control desde que te conozco! —confesó sin rencor mirándola atormentado—. Mi vida antes de conocerte no era para tirar cohetes, pero, al menos, era predecible.

—Entonces, ten cuidado al elegir con quién te lías en el futuro —comentó ella.

—¡Maldición! —exclamó enfadado—. ¡Predecible! Eso no es bueno… ¿He dicho yo eso, acaso? —preguntó cómicamente horrorizado.

—Me parece que ha sido una pregunta retórica. ¿O es que tu memoria a corto plazo se ha esfumado junto con tu cordura?

—Parezco un viejo —confesó con voz temblorosa. Si no hubiera estado tan afectado, Flora se habría reído ante semejante comentario—. Si sigo así, dentro de poco, seré tan aburrido como Jake —observó mordaz.

—No sé qué tiene Jake de malo —apuntó ella. ¿Qué iba a tener si era igual que el hombre del que estaba enamorada?

Josh la miró complacido.

—No lo digas, ya sé que somos como la noche y el día.

—Está ganando puntos por momentos —murmuró provocativa.

—Me quieres de verdad —dijo muy convencido.

Ella lo observó, frustrada y asustada, mientras él deambulaba por la habitación.

—¿De verdad…? —repitió ella. Pensó que debería parar las confesiones.

Él se detuvo en seco y la miró. Flora se forzó a analizar su expresión. No parecía muy seguro de sí mismo, sino, más bien, fiero, excitado y muy distraído.

—Es muy obvio —contestó—. Yo te quiero y tú me quieres —afirmó con la mandíbula y los puños apretados esperando a que ella lo negara. Flora no contestó, se quedó en silencio. A Josh se le dilataron las pupilas y ella sintió un escalofrío por la espalda—. Tenemos que casarnos.

—¿Por qué? ¿Crees que la sociedad me dará la espalda? Crece un poco, Josh —le espetó.

Él ignoró su sarcasmo.

—Porque me necesitas.

Era completamente cierto. Flora levantó el mentón.

—Para hacerte un mártir… no, gracias. Ya me dejaste muy claro cuáles eran tus ideas sobre la paternidad.

—Eso era antes de que me presentaras el «hecho consumado», eso lo cambia todo —dijo Josh en tono grave.

«Todo excepto tu forma de sentir», sintió deseos de gritarle Flora.

—Esté bebé no es un «hecho consumado» —le gritó—. Por muy difícil que te parezca creerlo, yo sí quiero tenerlo —afirmó con decisión—. Hasta que tú sientas lo mismo, es mejor que te mantengas lejos de mí… de nosotros. Si yo me muero, entonces, tendrás algo que hacer, pero no tengo intención… —no pudo continuar.

Josh se acercó a ella con una velocidad pasmosa en un hombre tan grande. La agarró de los hombros y la abrazó con tanta fuerza que ella sintió los pechos apretados contra su torso. La miró y la ira que lo invadía bailaba en torno a ambos.

—No vuelvas a decir algo así jamás —le dijo con los labios apretados—. ¿Me oyes?

Llena de remordimientos, Flora asintió.

—No he querido decir…

Josh la soltó y le pasó los dedos por la nuca.

—Era su marido, Flora. Tendría que haber podido salvarla —dijo reviviendo aquella impotencia. Flora se dio cuenta de que seguía atormentado, en sus ojos, en su voz—. Intenté echarle la culpa al destino, luego a tu padre, pero en lo más hondo de mí siempre supe que la culpa fue mía…

—Pero eso es… —Josh calló su protesta poniéndole un dedo sobre los labios. Siguió hablando con total convencimiento.

—Fui yo quien se empeñó en tener hijos cuanto antes. Bridie lo hizo por complacerme, lo hacía con todo, algo que resultaba perfecto para un hombre como yo, acostumbrado a salirse siempre con la suya —continuó con amargura—. Su familia me echó la culpa. Para empezar, nunca quisieron que se casara conmigo y tenían razón —afirmó—. Pero no dejaré que nada te pase a ti —le prometió pasándole los dedos entre los mechones de pelo.

—Ya me ha pasado algo… me he enamorado de ti, Josh —confesó. Oyó cómo él tomaba aire, cómo se le hinchaba el pecho y vio en sus ojos la chispa que dio lugar a las llamas incandescentes. Cerró los ojos mareada mientras bajaba la cabeza—. ¡Pero eso no importa! —protestó justo al notar el roce de sus labios en la boca. Josh se quedó paralizado. Flora sintió el esfuerzo que tenía que hacer para echarse atrás y no besarla. Flora tembló. Lo deseaba tanto que podía sentirlo por todo el cuerpo.

—¿No importa que me quieras? —murmuró Josh sin poder creérselo. El calor de su aliento jugó con la sensible piel de su oreja—. ¿Tampoco que yo te quiera? ¿Cómo puedes decir semejante locura? Eso es lo único que importa.

—Eso es demasiado simplista —respondió a punto de llorar. ¡Y tan tentador!

Con la respiración entrecortada, Josh dejó reposar su frente contra la de Flora.

—Sé que no hemos empezado bien. Bueno, eso es obvio, pero te prometo que haré que lo olvides… ¿Podrías olvidar lo que ha pasado?

—Sí —contestó completamente convencida—, pero tú, no. ¿No ves que ese es el problema?

Josh le acarició la mandíbula compulsivamente con los pulgares.

—Aunque acepte eso, que sinceramente no me parece aceptable, ¿qué solución propones tú, algo como no volver a verme? La próxima vez le puedes decir a tu amigo que me diga que te has ido a Australia, ¿para qué conformarnos con algo más cercano? ¡Hong Kong! ¿Se creyó de verdad tu compañero que me creía aquello? ¡Flora, te advierto que no importa dónde vayas porque te seguiré hasta el fin del mundo!

—¿De verdad…? —preguntó con la garganta atenazada por la emoción.

—¿Lo dudas?

Al mirarlo a los ojos, se le quitaron todas las dudas.

—No creo que pudiera estar sin verte —confesó sin ningún tipo ya de resistencia—. Te quiero tanto…

Josh dejó caer la cabeza hacia atrás y suspiró aliviado. Cuando volvió a mirarla a los ojos, en los suyos había lágrimas de ternura.

—He esperado mucho tiempo para oírte decir eso.

—Pero eso no quiere decir que vaya a hacer algo drástico.

«¿Cómo ser feliz?», se dijo a sí misma. De repente, lo vio claro. Vio que era una estupidez tener miedo. Tenía mucho que ganar.

«Ya está. Has encontrado a tu hombre. No ha ocurrido de la manera que habías imaginado porque la vida no es un juego, es complicada. ¿Qué vas a hacer? ¿Te vas a quedar sentada llorando o vas a luchar por él?» La vida con Josh podía ser mejor de lo que ella jamás había soñado.

No había que engañarse. Aquellos nueve meses iban a ser duros para Josh. El embarazo era algo que no podían ignorar, iba a ser un problema y Flora entendía los sentimientos encontrados que provocaba en él. Pero estaba segura de que podría hacer que lo viera por el lado positivo.

«¡No te quedes ahí, gimoteando como una tonta, Flora, haz algo!»

—¿Y casarte conmigo sería drástico?

—No se me ocurre nada más drástico —contestó Flora.

Se sintió aliviada de haber resuelto el conflicto que tenía en su interior. Seguía preocupada, pero estaba decidida. Había llegado el momento de hacer algo positivo, de casarse con el hombre a quien amaba y de demostrarle que el pasado no podía herirlos. Merecía la pena.

Josh no sabía lo que estaba pensando ella y estaba muy entristecido.

—¿Y tener un hijo? Eso sí que es drástico.

—Para mí es lo más grande, Josh —contestó ella con total serenidad.

—¿Has ido al médico?

—Sí.

—¿A cuál? Voy a ver si…

—¿Por si es drogadicto?

Josh hizo una mueca de dolor y se le ensombre-cieron los ojos.

—No era mi intención...

—¿Interrogarme? Sé lo que te gustaría hacer. Sé que querrías atarme entre algodones y tratarme como si fuera una inválida. Sabía que ibas a sacar las cosas de quicio si te lo decía... No pienso acep-tarlo, Josh.

—Me parece que has dicho antes que estabas se-gura de que te diría que abortaras —le recordó.

Flora se sonrojó.

—¿Y me culpas? —se defendió.

Josh la miró y no contestó inmediatamente.

—Lo que en realidad iba a decirte es que, en nuestra familia, hay muchos casos de gemelos y ha-brá que advertírselo a tu médico.

Flora abrió los ojos como platos. ¡Gemelos! Ni se le había pasado por la imaginación.

—¿Nosotros...? —consiguió decir recobrando un poco la compostura—. Josh, ¿cuántos gemelos...?

Josh la interrumpió.

—Flora, no pienso estar con la boca callada —le advirtió. Flora tembló, pero no protestó cuando él puso una de sus grandes manos sobre su barriga. Era la primera vez que no se sentía sola y perdida en mu-cho tiempo—. Prométeme que si durante el... emba-razo hay riesgos de algún tipo, pondrás tu bienestar por delante —le pidió con voz firme—. ¿Entiendes lo que estoy diciendo, Flora?

Sí, lo entendía. Si tuviera que elegir entre ella y el bebé, Josh quería que eligiera salvarse ella. ¿Cómo iba a prometerle eso? Aunque la vida que llevaba dentro apenas estaba formada, ella sentía un tremen-do instinto maternal.

Quería abrazarlo y decirle que todo iba a ir bien, pero sabía que no la creería.

—Sé lo que me estás diciendo, Josh, y debo decirte que me importa un bledo en qué tono me lo digas —dijo intentando no cargar más el ambiente.

—Vaya, qué dura. Por cierto —añadió un poco beligerante—, no me ha gustado nada que no me dijeras que estabas embarazada. ¿Ibas a…?

—No lo sé —contestó Flora de forma distraída—. ¿No podrías ser un poco más optimista? —sugirió—. ¿Por qué siempre tienes que ser tan…?

—¿Práctico? ¡Porque uno de los dos debe serlo! —rugió.

—¿Sería práctico que me casara contigo? —preguntó. Desde luego, la vida sin Josh no le parecía ni práctica ni factible.

—¿Lo dices en serio? —exclamó. Con aire triunfal, la miró emocionado—. ¡Más te vale! —le advirtió.

Flora levantó una mano y se la puso sobre los labios.

—Para —le pidió—. No sigas haciéndote el típico marido superprotector. Supongo que esto es una locura, pero tienes razón, la verdad es que no puedo vivir sin ti —continuó con un sollozo. ¡A la porra el orgullo!—. Te puede parecer una tontería, pero no estoy segura de querer vivir sin ti.

Mientras se quitaba las lágrimas de los ojos, vio que Josh parecía comprender la importancia de su confesión. De hecho, parecía tan petrificado que Flora temió haberlo ahuyentado con la intensidad de sus sentimientos.

No le dio tiempo a dudar más porque él se acercó, la levantó por los aires y la besó con pasión en prueba de su felicidad.

Cuando la dejó en el suelo, Flora se encontró entre sus brazos, con la cabeza apoyada en su hombro, escuchando los latidos de su corazón. Aspiró aire ávidamente para embriagarse del aroma de su hombre.

—Espero que te hayas dado cuenta de que un beso como este es como un anillo de compromiso.

—Un buen pedrusco —contestó ella—. Sabía que, si aceptaba verte, acabaría pasando esto —continuó restregando la cara por la tela de su camiseta, que olía a él. De repente, sintió una punzada de deseo—. No te puedes ni imaginar lo mucho que me costó no abrirte, parecía que llamabas durante horas. Parecía que no te ibas a ir nunca.

—No parecían horas; fueron horas. ¡Si hubiera sabido que estabas aquí, me habría resistido cuando aquel par de guardas de seguridad me echaron del edificio!

—Yo no los llamé —prometió ella levantando la cabeza—. Fueron los vecinos. Este edificio es muy respetable.

—Es como si los conociera a todos… vinieron todos a presenciar el espectáculo cuando llegaron los de seguridad. En realidad, los que me conocen siguen teniendo una opinión respetable de mí.

—¿Me parece detectar una pizca de remordimiento? —bromeó ella.

—Me arrepiento de un montón de cosas, Flora —admitió sin rastro de risa—, pero, créeme, no me arrepiento de haberte conocido. Créeme también cuando te digo que seré el mejor marido que sepa ser —añadió con la esperanza de que eso fuera suficiente mientras le acariciaba la mejilla con ternura.

Aquella sinceridad hizo que Flora sintiera un

nudo en la garganta. Ladeó la cara y besó la palma de su mano.

—Te creo, Josh.

—Tenemos que planear un montón de cosas, no nos podemos despistar. No tiene por qué ser nada recargado… —dijo. Por él, hubiera puesto un cura allí mismo y listo. Sin embargo, Flora, ya que se casaba, quería hacerlo bien porque no tenía intención de volverlo a repetir en su vida. En aquellos momentos, tenía otras cosas más importantes en la cabeza, así que no le dijo nada.

—Creo que deberías dejar claras tus prioridades desde el principio —le dio desabrochándole el primer botón de la camisa y jugando con el vello de su pecho. Levantó la mirada para ver qué reacción había provocado eso en él. ¡Prometedora… muy prometedora!

—Lo has dejado muy claro —admitió él en un hilo de voz.

Flora lo agarró de la mano y lo llevó hasta su habitación. Sabía que, por mucho que tuvieran en su contra, si él seguía mirándola así, tenían más a su favor.

A Flora le encantaba observar a Josh pintar. Atacaba los lienzos con pinceladas limpias y seguras, aunque no había ni rastro de falta de sensibilidad en su estilo, que era rico y vibrante. Le gustaba pintarla y había varios cuadros colgados de las paredes en los que se podía apreciar la evolución de su embarazo.

Josh estaba encantado con la luz que había en el estudio de su nueva casa y Flora estaba feliz con todo lo que lo hacía feliz a él. Sabía que era feliz, pero también se daba cuenta de que estaba preocupado.

Seguía haciéndosele raro ser la señora Prentice, pero no era desagradable, no, no era nada desagradable. Estar con Josh era más que un sueño. Aceptó cuando ella le dijo que quería que el día de su boda fuera especial para compartirlo con familiares y amigos, aunque le costó aguantar los preparativos porque estaba impaciente.

Flora no tenía mucha familia, pero el clan de los Prentice era enorme. Liam había estado genial. En cuanto a Jake y Nia, aunque Flora creía que no sería capaz de mirarlos a la cara, ellos se habían encargado de ponérselo fácil. De hecho, transcurrido un tiempo los hermanos se quejaban de que ellas siempre estaban hablando de ellos a sus espaldas.

Josh había intentando ocultar su preocupación, pero Flora se había dado cuenta, sobre todo en los últimos días, de que sus ojos grises reflejaban una gran angustia. Flora lo entendía, sabía que hasta después del parto, los fantasmas que atemorizaban a Josh no se irían y dejarían en paz su relación.

En silencio para no molestarlo, se levantó para salir del estudio. No lo consiguió porque la silla hizo ruido y Josh se dio la vuelta rápidamente.

—Estoy bien —le dijo antes de nada—. Solo ha sido una contracción.

No le dijo del terrible dolor que sentía en la espalda porque Josh exageraba todo lo referente a su embarazo y, a veces, ella se enfadaba y, en un abrir y cerrar de ojos, estaban discutiendo. Flora suponía que eran las hormonas, pero el hecho era que había perdido las ganas de pelearse. Por suerte, no había perdido las ganas de hacer otras cosas.

—¿Hay alguien en casa? —preguntó Alec, el

agente de Josh, entrando por la puerta del jardín—. He venido a darle las gracias al marido tan brillante que tienes.

—Por favor, no le subas más el ego —le rogó Flora en broma.

Alec la miró confundido. Le costaba saber cuándo estaba de broma.

—¡He vendido las acciones! —anunció exultante mientras Josh miraba un cuadro con ojo crítico.

—¿Qué acciones?

—¿Cómo que qué acciones? —preguntó Alec moviendo la cabeza—. ¡Y me pregunta que qué acciones! —repitió para Flora.

—Te he oído la primera vez, Alec.

—¡He hecho una pequeña fortuna! —siguió entusiasmado—. Podría retirarme aunque no lo voy a hacer.

—Menos mal —contestó Josh secamente—. Me alegro por ti.

—¿Por qué le pides consejo a Josh para comprar acciones? —preguntó Flora.

Alec miró a Flora y a Josh de hito en hito.

—Está de broma, ¿no? ¿No sabe que…?

—¿Qué tengo que saber? ¿Inviertes en bolsa? —preguntó mientras Alec se moría de risa—. ¿Por qué tengo la impresión de que me estoy perdiendo algo? —dijo con impaciencia a su marido.

—Cuando Jake y yo cumplimos dieciocho años, recibimos la herencia de nuestra abuela. Coincidió que en el colegio nos pidieron que invirtiéramos, sobre el papel, una cantidad de dinero en Bolsa para ver si sacábamos beneficios —contestó encogiéndose de hombros y dejando el pincel a un lado—. Yo conseguí beneficios, pero de verdad, porque había invertido mi herencia.

—Eso fue arriesgado por tu parte —murmuró Flora. La verdad es que no le había sorprendido demasiado, conociendo la pasión que sentía su marido por el riesgo, aunque, con ella era más mamá gallina que un pirata.

—Eso fue, entre otras cosas, lo que dijo mi madre cuando se enteró. Lo que saqué de aquella primera inversión fue la seguridad de que tengo suerte para hacer dinero —dijo como si tal cosa.

«¿Cuánto?», se preguntó Flora viendo que Josh miraba a su agente con el ceño fruncido mientras este se partía de risa ante su último comentario.

—Ser un miembro con carné de la clase financiera debió de dañar increíblemente tu credibilidad como artista rebelde.

—El lado bueno es que me permitía no tener que aguantar a filisteos que solo buscaban el dinero, como Alec… no es nada personal, amigo.

—No pasa nada, hoy no me afecta nada de lo que me digas —le aseguró Alec radiante.

—Eres rico, ¿verdad? —preguntó Flora. De repente, entendió por qué a él no le había preocupado el elevado precio de la casa. Era obvio que podía permitírselo—. Quiero decir, muy rico.

—Todo es relativo, pero supongo que sí —contestó limpiándose las manos.

—¿Y por qué no me lo dijiste antes de que nos casáramos? —preguntó Flora con las cejas enarcadas.

—Ya me estaba costando suficiente llevarte al altar como para encima jugármela. Podrías haber pensado que era un cerdo capitalista. Además, la verdad es que no importa, ¿no?

Alec, que no había pillado el sutil juego, comenzó

a preocuparse y creyó estar presenciando una seria pelea marital.

—Flora, Josh dona mucho dinero —dijo preocupado—. La nueva ala del hospicio infantil… La investigación…

—¡Cállate, Alec! —le dijo Josh.

—Sí, cállate, Alec —dijo Flora mirando a su marido, que se había sonrojado—. ¿No ves que estás avergonzando a Joshua?

Alec respiró aliviado.

—No le importa, ¿verdad?

—No, no le importa —contestó Flora—. Además, como acaba de decir, la verdad es que no importa —continuó sin dejar de mirar con ternura al hombre con el que se había casado—. Tenemos muy claras nuestras prioridades.

—¡Te quiero! —declaró Josh fervientemente, ante la estupefacción de su agente.

Flora sonrió encantada.

—Si no os importa, voy a echarme una siesta antes de que Liam vuelva de casa de Oliver. ¿A qué hora lo traen?

—No te preocupes por eso. Yo me ocuparé de Liam.

Flora bostezó.

—Puede que te tome la palabra. Son las ventajas de tener un marido que trabaja en casa.

—¿Incluso aunque esté siempre vigilándote?

Flora hizo como que consideraba la pregunta.

—Si lo pongo en una balanza —contestó—, creo que me gusta tenerte cerca.

Aquella misma noche, después de haber bañado a Liam, Josh vio que Flora seguía dormida, así que decidió meter al niño en la cama sin hacer ruido. Había tenido que leerle varios cuentos porque el pequeño quería irse a la cama de Flora y le tuvo que explicar que no podía ser.

Abrió la puerta de su dormitorio con cuidado para no despertar a su mujer.

—¿Qué estás haciendo? —preguntó mirándola confuso. Flora estaba de rodillas en el suelo y apoyada en la cama.

—¿A ti qué te parece? —le dijo ella con la cara sonrojada y sudorosa.

—¡Dios mío! —exclamó Josh petrificado—. No puede ser...

—¿Quieres que apostemos?

Josh intentó hablar, pero no consiguió decir nada. Se hizo un silencio absurdo mientras buscaba las palabras que se empeñaban en no salir.

El grito salvaje de Flora le sacó de su trance.

—Una ambulancia... —murmuró—. Voy a llamarla, ¿o debería llevar yo mi coche...? —se preguntó metiéndose las manos en los bolsillos del pantalón—. Los Smith vendrán a buscar a Liam. ¡No te muevas!

Flora encontró un trozo fresquito en el edredón y apoyó la mejilla aliviada tras la última contracción. ¿No le habían dicho que iban a ser lentas y graduales...?

—Yo no me voy a mover, pero tú tampoco. Por favor... ¡Josh! Ya he llamado yo a la ambulancia, pero me parece que no van a llegar a tiempo —le explicó. Era primeriza y podía estar equivocada, pero no quería correr riesgos. Si Josh quería irse, tendría que pasar por encima de ella.

—Pero no puede ser —balbuceó negando con la

cabeza y pasándose los dedos por el pelo—. Todo el mundo dice que lleva un tiempo…

—¡Eso díselo al bebé! ¡Ah! —gritó mirándolo—. Ha vuelto a empezar… ¡Josh! —exclamó alargando una mano hacia él—. No sé qué hacer.

Al ver a su mujer tan aterrorizada, agarró sus propios miedos por los cuernos y los mandó al fondo de un baúl. Flora lo necesitaba y, aunque no supiera lo que tenía que hacer, la iba a ayudar como pudiera.

—No pasa nada, corazón —le dijo apartándole el pelo de la cara—. Estoy aquí contigo.

Ella le agarró la mano con fuerza.

—Me desperté del dolor y llamé a la ambulancia. No quería que te preocuparas demasiado pronto…

—No te preocupes por mis sentimientos, ángel, estoy bien. Concéntrate en lo que tienes que hacer.

En aquel momento, su cuerpo le indicó exactamente lo que tenía que hacer.

—Te acabo de decir que no sabía que hacer, ¿verdad? Pues sí lo sé. ¡Tengo que empujar…! —gimió.

Josh la apoyó contra la cama. Estaba sudando, pero no del esfuerzo por haberla levantado.

Se dio cuenta de que había estado demasiado concentrado en asumir la pérdida de Flora, como para prepararse para recibir a su hijita en brazos.

Lloró mientras le ponía a Flora la niña en los brazos.

—¡Es perfecta! —exclamó incrédulo. Rápidamente, volvió a ocuparse de la madre. Le puso las manos en las mejillas y la acarició hasta que, finalmente, las posó en sus hombros, como para asegurarse de que estaba allí—. ¡Estás bien!

—Estoy mejor —contestó apartando la mirada de la criatura—. Estoy mucho mejor. Tú también estás mucho mejor—. el momento era todavía más perfecto porque Flora se dio cuenta de que la última barrera que los separaba de la felicidad total se acababa de romper. Vio que Josh también se daba cuenta. ¡Dos momentos perfectos en un día!

—Me siento... —comenzó Josh echando los hombros hacia atrás y girando la cabeza. No podía explicar cómo se sentía—. Tengo ganas de reír y no parar.

—¡Pues hazlo! —le dijo exultante de felicidad—. ¡Lo has conseguido! —lo felicitó con lágrimas en los ojos—. ¡Sabía que lo harías!

—Me parece que has sido tú la que lo has conseguido.

—Lo hicimos los dos —dijo Flora.

—¡Juntos podemos hacer todo lo que nos propongamos! Aunque, la próxima vez, preferiría que no nos tocara hacer todo esto... —dijo Josh.

—¿La próxima vez? —se burló ella sonriendo ante la cara de asombro del propio Josh cuando se dio cuenta de lo que había dicho.

—No he querido decir que...

—Sé lo que has querido decir, idiota... ¿Qué es eso?

—La ambulancia, espero.

—Ábreles antes de que echen la puerta abajo o despierten a Liam —aconsejó Flora—. ¿Qué dirá cuando se despierte por la mañana y se encuentre con que tiene una hermanita?

—Eso no va a ocurrir porque su hermanita y su madre estarán en el hospital mañana por la mañana —contestó con aquel tono suyo tan firme—. Flora, por favor, hazlo por mí. Quiero que te hagan una buena revisión.

Ella asintió. No era nada comparado con lo que él había aceptado.

—Por cierto, he estado pensando en un nombre para ella y Emily, como mi madre, me parece muy bonito. Emily Bridget va muy bien, ¿no? —le preguntó con una sonrisa mientras salía de la habitación.

—¡Aquel día que te seguí fue el más afortunado de mi vida! —dijo Josh con lágrimas en los ojos, pero con voz decidida.

—¡Lo mismo digo, cariño! —contestó ella acunando con ternura a su hija—. Todavía no lo sabes, pero tienes el mejor papá del mundo —«y yo el mejor marido del mundo», pensó mientras se volvía a sentar para disfrutar de un momento mágico a solas con su hija.

Deseo®...
Donde Vive la Pasión
¡Los títulos de Harlequin Deseo® te harán vibrar!

¡Pídelos ya! Y recibe un descuento especial
por la orden de dos o más títulos

HD#35327	UN PEQUEÑO SECRETO	$3.50	☐
HD#35329	CUESTIÓN DE SUERTE	$3.50	☐
HD#35331	AMAR A ESCONDIDAS	$3.50	☐
HD#35334	CUATRO HOMBRES Y UNA DAMA	$3.50	☐
HD#35336	UN PLAN PERFECTO	$3.50	☐

(cantidades disponibles limitadas en algunos títulos)
CANTIDAD TOTAL $ _____

DESCUENTO: 10% PARA 2 Ó MÁS TÍTULOS $ _____
GASTOS DE CORREOS Y MANIPULACIÓN $ _____
(1$ por 1 libro, 50 centavos por cada libro adicional)

IMPUESTOS* $ _____

TOTAL A PAGAR $ _____
(Cheque o money order—rogamos no enviar dinero en efectivo)

Para hacer el pedido, rellene y envíe este impreso con su nombre, dirección
y zip code junto con un cheque o money order por el importe total arriba
mencionado, a nombre de Harlequin Deseo, 3010 Walden Avenue, P.O. Box
9077, Buffalo, NY 14269-9047.

Nombre: _____

Dirección: _____ Ciudad: _____

Estado: _____ Zip Code: _____

Nº de cuenta (si fuera necesario):_____

*Los residentes en Nueva York deben añadir los impuestos locales.

Harlequin Deseo®

CBDES3

Andreas Latimer, poderoso director ejecutivo del Holding Demetrios, era el nuevo jefe de Saskia, y acababa de añadir una nueva cláusula a su contrato laboral: tendría que hacerse pasar por su novia delante de toda su familia.

Saskia sabía lo que Andreas opinaba de ella: que era una experta seductora. Y eso que, precisamente, era todo lo contrario. Sin embargo, ambos iban a tener que compartir una habitación en la mansión de la familia de Andreas, iban a tener que compartir incluso una cama, y Saskia no le había dicho aún que era virgen...

Una novia temporal

Penny Jordan

PÍDELO EN TU PUNTO DE VENTA

Cuando el ranchero Flint McCray descubrió que el famoso adiestrador de caballos J.J.Adams era en realidad una mujer, se puso hecho una furia.

Pero Jenna demostró rápidamente sus habilidades con el brioso Black Satin... y también una predisposición innata para alterar a Flint. La innegable sensualidad que vibraba entre ellos hizo que este tuviera que hacer acopio de toda su voluntad para dominar sus instintos. Pero, ¿qué daño podía hacer una noche de pasión? Por pasarla con Jenna, merecía la pena correr el riesgo...

PÍDELO EN TU PUNTO DE VENTA

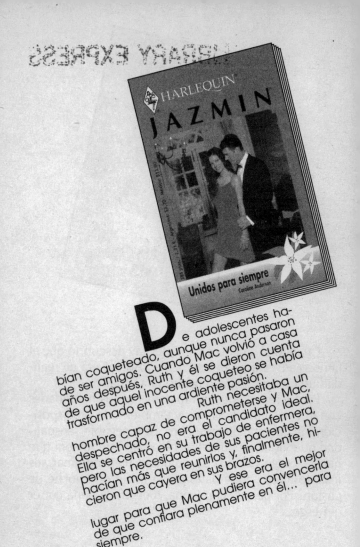

HARLEQUIN

JAZMIN

Unidos para siempre
Caroline Anderson

De adolescentes habían coqueteado, aunque nunca pasaron de ser amigos. Cuando Mac volvió a casa años después, Ruth y él se dieron cuenta de que aquel inocente coqueteo se había trasformado en una ardiente pasión.

Ruth necesitaba un hombre capaz de comprometerse y Mac, despechado, no era el candidato ideal. Ella se centró en su trabajo de enfermera, pero las necesidades de sus pacientes no hacían más que reunirlos y, finalmente, hicieron que cayera en sus brazos.

Y ese era el mejor lugar para que Mac pudiera convencerla de que confiara plenamente en él... para siempre.

¡PÍDELO EN TU PUNTO DE VENTA!